JUDITH JANSSEN

SIMON UND DER GEHEIMNISVOLLE MÖNCH

JUDITH JANSSEN

SIMON UND DER GEHEIMNISVOLLE MÖNCH

AUS DEM NIEDERLÄNDISCHEN
VON WOLFGANG SCHRÖDTER

neukirchener
aussaat

FSC
www.fsc.org
MIX
Papier aus verantwortungsvollen Quellen
FSC® C014138

Dieses Buch wurde auf FSC®-zertifiziertem Papier gedruckt.
FSC® (Forest Stewardship Council®) ist eine nichtstaatliche,
gemeinnützige Organisation, die sich für eine ökologische und
sozialverantwortliche Nutzung der Wälder unserer Erde einsetzt.

Bibliografische Information der Deutschen Nationalbibliothek

Die Deutsche Nationalbibliothek verzeichnet diese Publikation in der Deutschen Nationalbibliografie; detaillierte bibliografische Daten sind im Internet über http://dnb.d-nb.de abrufbar.

Umschlaggestaltung: Andreas Sonnhüter, www.sonnhueter.com, unter Verwendung eines Bildes von © vilax, Olena Bloshchynska, Mizina Oksana, Oxa, Imagentle (shutterstock.com)
Innenillustrationen: Roelof van der Schans
Lektorat: Ulrike Rauhut, Neukirchen-Vluyn
DTP: Breklumer Print-Service, www.breklumer-print-service.com
Verwendete Schrift: Adobe Garamond Pro, Futura
Gesamtherstellung: FINIDR, s.r.o.
Printed in Czech Republic
ISBN 978-3-7615-6300-7

www.neukirchener-verlage.de

INHALT

England
Brüssel
Paris
Frankreich
Das Heilige
Römische Reich
von Karl V.
Spanien

Elbe
Polen
Wittenberg
Oder
Das Reich
h
n Karl V.
Wien
Ungarn
Osmanisches Reich
Venedig
Donau
Kirchenstaat
Das Heilige Römische Reich
von Karl V.
Rom
Italien

GEFÄHRLICHES WASSER

»Nein, Simon, das darfst du nicht, das ist gefährlich!« Rudolf warf seinem Freund einen flehenden Blick zu.

Simon zog lachend seine Tunika aus und ließ sie ins Gras fallen.

»Was meinst du, soll ich mein Wams anbehalten?« Er besah seine Beine. Die Hose saß ziemlich stramm, aber es schien ihm doch klüger, sie abzulegen.

Rudolf hatte die Arme in die Seite gestemmt und sah ihn an. Erbost knurrte er: »Hörst du eigentlich, wenn dir jemand einen guten Rat gibt?«

Simon schob seine Hose herunter und fiel beinah um. »Ja, klar doch. Vor allem von meinem besten Freund. Auf dich höre ich fast immer. Aber wenn ich später mal auf einem Schiff arbeiten will, dann muss ich doch schwimmen können, oder? Ich bin jetzt schon elf. Allerhöchste Zeit, dass ich mich mal in tieferes Wasser wage.«

»Was willst du denn auf einem Schiff? Du kannst doch einfach Stallknecht werden, so wie dein Vater! Dafür musst du doch nicht schwimmen können.«

»Oh Mann! Ich will große Dinge tun. Meere befahren, wie Vasco da Gama und Kolumbus. Neue Welten entdecken und als Held heimkehren.« Simon sah es genau vor sich. Das musste doch herrlich sein: Vom Krähennest aus übers Meer gucken. »Land in Sicht!« rufen und gegen Piraten kämpfen. Und siegen natürlich.

»Ich mein das ernst. Ich will wirklich schwimmen lernen. So schwer kann das doch eigentlich nicht sein!«

Rudolf zuckte mit den Schultern. »Aber warum ausgerechnet hier? Du weißt doch, was im Dorf über diesen See erzählt wird? Vor noch nicht mal fünfzig Jahren hat man hier eine Hexe reingeworfen. Vielleicht ist ihr Geist noch im Wasser!«

Simon lief zum Seeufer. Das Wasser war ruhig und er sah die weißen Wolken darüber ziehen. Natürlich kannte er die Geschichte gut. Als er noch klein war, kroch er immer unter den Rock seiner Mutter, wenn man sich flüsternd über die Frau unterhielt, die hier ertrunken war. Immer wieder mal kam jemand mit dem Gerücht, dass sie im Wasser gesehen worden war, die Hexe – oder ihr Geist.

»Also, ich hab hier schon so oft gespielt und noch nie ist der See anders als ruhig gewesen. Für meinen Geschmack die ideale Stelle, um Schwimmen zu lernen. Sollen wir es lieber zusammen probieren? Stell dir vor, dass wir demnächst im Sommer hier beide herrlich schwimmen können. Das ist doch toll!«

Rudolf machte ein angewidertes Gesicht. »Auf gar keinen Fall.«

Simon schüttelte den Kopf. Manchmal nervte es, dass Rudolf so ein Angsthase war. Langsam ging er weiter und steckte die Zehen ins Wasser. Uff, halb so schlimm!

»Und … kalt?«, rief Rudolf vom Rand her.

»Ganz schön kühl, ja.« Als seine Füße beide im Wasser waren, fühlte es sich an, als ob sie zerquetscht würden. Vielleicht war's doch nicht so eine gute Idee. Aber jetzt konnte er nicht mehr zurück. Er musste sich einfach dran gewöhnen und durchhalten. So ein bisschen Kälte machte ihm doch nichts aus.

Vorsichtig ging er noch ein paar Schritte. Der Boden unter seinen Füßen war schlammig und kroch kitzelnd zwischen seinen Zehen durch. Er drehte sich zu Rudolf um.

»Hier liegt 'ne ganze Schicht Dreck.«

»Na super. Wahrscheinlich die Hinterlassenschaften der Schweine, die jeden Abend zum Trinken herkommen. Für mich musst du hier keine Schau abziehen, Simon. Ich verspreche dir, dass ich dich nicht auslache, wenn du jetzt aus dem Wasser kommst.« Gleich fing Rudolf an, vor Nervosität an den Nägeln zu kauen.

»Ich bin ganz vorsichtig, ich schwör's, ja?« Simon versuchte, seine Stimme beruhigend klingen zu lassen. Er machte noch ein paar Schritte.

Rudolf seufzte. »Ich geh zur Sicherheit einen Ast holen, für den Fall, dass es schiefgeht. Du bist echt ein ganz schön sturer Heini.«

Simon drehte sich wieder um und blickte über den See. Er hatte keine Ahnung, wie tief das Wasser war. Na gut, abgesehen davon, dass eine Frau darin ertrinken konnte. Lagen ihre Knochen vielleicht noch irgendwo hier auf dem Grund? Ihm lief ein Schauder über den Rücken. Nein, daran durfte er jetzt nicht denken.

Ein plötzlicher Windstoß ließ das Geäst der Bäume rascheln.

»Hörst du das?« Rudolfs Stimme überschlug sich.

Simon nickte und biss sich auf die Lippe. Es war so, als ob jemand flüsterte: »Sssst.«

»Komm jetzt sofort raus!«

Er machte noch einen Schritt und steckte seine Hände ein Stückchen ins Wasser. Das Wasser war klar und er konnte seine Zehen erkennen. Um seine Beine schwammen kleine Fische.

Wenn er später auf einem Schiff arbeitete, würde er sicher noch größere Fische sehen.

Rudolf lief unruhig am Ufer hin und her. »Hör mal«, begann er, »wenn ich jetzt auch ins Wasser komme, gehst du dann nicht weiter in den See rein? Dann kannst du ein andermal weiterüben.«

Simon schnaubte. Er gab's auf. Wenn er schwimmen lernen wollte, musste er das anscheinend machen, ohne dass Rudolf dabei war. »Okay. Ich tu alles, was du willst.«

»Du bist zu gut für diese Welt«, knurrte Rudolf.

Wenige Augenblicke später stieg er auch vorsichtig ins Wasser. Er heulte auf und zappelte mit den Armen. »Uah, das ist eiskalt, Mann!«

Rudolf blieb in etwas Abstand stehen. Er sah Simon an und begann zu grinsen. Dann steckte er schnell seine Hände ins Wasser, und bevor Simon wusste, wie ihm geschah, warf er ihm einen Schwall Wasser ins Gesicht. Simon japste und prustete.

»Du falscher Hund. Das kriegst du zurück.« Er stapfte durchs Wasser und versuchte, Rudolf von hinten zu kriegen. Er schlug so fest wie er konnte aufs Wasser, um seinen Freund nass zu spritzen. In Nullkommanichts war Rudolf völlig durchnässt.

»Jetzt hast du sicher keine Angst mehr vor Wasser!", lachte Simon und drehte sich schnell um, um seinem Freund zu entkommen. Er rannte weiter in den See hinaus, denn da würde Rudolf bestimmt nicht hinkommen. »Krieg mich doch!", rief er herausfordernd.

Langsam ging er rückwärts in den See hinein, behielt dabei Rudolf im Auge, der doch gefährlich nah herankam. Dann spürte er plötzlich ein Band um seine Füße. Es war, als ob zwei kräftige Hände seine Knöchel umklammerten. Er kam ins Wanken und hörte gerade noch Rudolfs Schrei: »Simon!« Dann rutschte er unter Wasser.

Plötzlich war es um ihn herum eiskalt und stockfinster. Überall war Wasser und der Griff um seine Knöchel schien eher nur fester zu werden.

»Die Hexe!«, durchfuhr es ihn. Er wurde festgehalten, ins Wasser gezogen, nach unten gezerrt. Es ging so schnell, dass er beinah nicht mehr denken konnte. Er fuchtelte mit den Armen und strampelte mit seinen Beinen. Es war, als ob jemand auf seinem Brustkorb saß. Ihm wurde schwindelig. Er wollte schreien, bekam den Mund aber nicht auf. Drückte jemand eine Hand auf sein Gesicht? Seine Augen gingen nicht auf, er sah nichts, das musste die Hand der Frau sein. Der Geist der Hexe versuchte ihn zu töten.

Sein Mund öffnete sich und er schmeckte das dreckige

Wasser. Die Hand, die gerade noch auf seinem Mund lag, umklammerte jetzt seinen Oberarm. Simon versuchte sich loszureißen, doch er hatte keine Kraft. Der Druck auf seinem Brustkorb wurde immer größer. Es fühlte sich an, als ob er jeden Augenblick zerplatzen könnte.

»Ich sterbe«, durchzuckte es ihn. Dann war da plötzlich ein helles Licht. Es wurde ganz still, und er hatte das Gefühl zu schweben. Nun fuhr er sicher in die Hölle hinab. Er bekam rasende Angst. Er hatte eine Menge Dinge getan, die nicht gut waren, und Gott würde ihn dafür bestrafen. Nun konnte er seine Sünden nicht mehr beichten, keine Reue mehr zeigen. Er war sich ganz sicher, dass er bestraft werden würde, schon allein, weil er nicht auf seinen Freund gehört hatte und so dickköpfig gewesen war.

»Simon!« Irgendwer brüllte in sein Ohr, als ob er taub wäre. Der Teufel? Nein, er kannte die Stimme.

»Rudolf«, sagte er leise, »du brauchst nicht so zu schreien.«

Plötzlich konnte er auch seine Augen wieder öffnen. Rudolf starrte ihn erschrocken an. »Du lebst noch.«

Hustend stand Simon auf und blickte sich um. Sie saßen am Ufer des Sees. Still lag er da. Als ob nichts geschehen wäre. Keine Spur von einem Geist oder einer Hexe.

»Ich …«, stammelte er, »ich bin nach unten gezogen worden. Irgendwer hat meine Füße gepackt und dann versucht, mich zu ertränken.« Während er das sagte, begann er zu schlottern. Er sah seinen Freund an. »Du hast mir das Leben gerettet.«

Rudolf biss sich auf die Lippe und nickte. Auch er zitterte. »Da war niemand. Du hast dich im Tang verheddert. Als ich dich nach oben ziehen wollte, hast du furchtbar zu toben begonnen. Ich hab dich beinah nicht zu packen gekriegt.«

Simons Zähne begannen zu klappern: »D-d-d-danke d-d-dir.«

Rudolf schüttelte den Kopf. »Ich bin ja mit schuld. Hätte

ich nicht mit dem Wasser rumgespritzt, wären wir nicht so unvorsichtig geworden.«

Das stimmte zwar, aber trotzdem fühlte Simon sich schuldig. Gleichzeitig war er froh, dass es gut ausgegangen war.

Sie zogen ihre nassen Hemden aus und lachten verlegen, als sie nur in Unterhosen dastanden.

»Muss ja niemand wissen, was wir gemacht haben, oder?«

Rudolf schüttelte den Kopf.

Das Geräusch von Schritten ließ sie aufschrecken. Schnell zogen sie ihre Tuniken über und schnallten die Gürtel um. Simon strich sein nasses Haar zurück.

»Simon.« Es war Anna. Seine Schwester. Simon sah, wie Rudolf auf einmal zu lächeln begann, und ächzte leise. In letzter Zeit verwandelte sich Rudolf in einen schüchternen kleinen Jungen mit verträumtem Blick, wenn Anna aufkreuzte.

Er stieß Rudolf an und flüsterte: »Auch kein Wort zu Anna.«

Rudolf schreckte auf: »Äh, nein, natürlich nicht.«

Anna stand vor ihnen und musterte die Jungen von oben bis unten. »Seid ihr im Wasser gewesen?«, fragte sie misstrauisch.

»Ja, wir sind ein bisschen drin herumgelaufen. Wieso?« Simon sah seine Schwester an. Sie war mit ihren zehn Jahren schon ein hübsches Mädchen. Sie hatte große blaue Augen und unter ihrem Käppchen quollen ein paar blonde Locken hervor. Sie umtanzten ihr Gesicht. Er konnte durchaus nachvollziehen, dass Rudolf sie nett fand – aber lästig war es manchmal trotzdem. Die halbe Zeit war sein Freund am träumen und wollte nur über Anna reden. Und so spannend fand Simon seine Schwester nun auch wieder nicht.

»Ihr seid völlig klatschnass.«

»Stimmt. Aber weswegen bist du hier?«

»Du sollst irgendwas für Mutter erledigen. Frag mich nicht, was.«

Anna drehte sich um und lief zum Waldweg zurück. Wie von selbst trabte Rudolf hinter ihr her. Simon ging langsam. Er war noch wackelig auf den Beinen. Von der Kälte, aber vor allem von dem Abenteuer von eben. Mannomann, wenn das schiefgegangen wäre. Dann wäre er jetzt vielleicht in der Hölle. Eine bizarre Vorstellung. Er hätte nicht gedacht, dass der Tod so nah sein kann. Heute Nachmittag, wenn er Mutters Auftrag erledigt hatte, würde er so schnell wie möglich zu Pater Benedictus, dem Priester, gehen, um zu beichten.

EIN GERÜCHT UND EINE VERSCHLOSSENE TÜR

Die Kirchbänke waren genau so hart wie gestern. Simon drehte sich ein Stück zur Seite und versuchte bequemer zu sitzen, aber viel brachte das nicht. Er fragte sich, ob er sich je an das lange Stillsitzen gewöhnen würde.

Weil heute Sonntag war, waren Vater und Anna in die Messe mitgekommen. Seine Schwester gähnte und er stupste sie an. Vor Schreck schlug sie die Hand vor den Mund.

Pater Benedictus las auf Lateinisch ein Stück aus der Bibel vor und sang einen Psalm, aber Simon verstand kein Wort.

Seine Gedanken schweiften ab, waren wieder bei gestern. Mutter war nicht mal böse gewesen, als er ihr schließlich erzählt hatte, dass er im See gewesen war. Sie war nur froh gewesen, dass am Ende nichts passiert war, und hatte ihn erleichtert in den Arm genommen. Da hatte auch das Zittern endlich aufgehört und es war ihm wieder ein bisschen warm geworden.

»Dein Vetter Geerten kann gut schwimmen. Warum fragst du ihn nicht, ob er es dir beibringt?«, hatte Mutter vorgeschlagen. »Das scheint mir doch erheblich sicherer zu sein.«

Das war eine gute Idee! »Meinst du, der macht das?«, fragte Simon.

Mutter lächelte. »Natürlich, mein Junge«, sagte sie und fuhr sich dabei mit dem Ärmel über die Stirn. Sie schwitzte und ihre Wangen waren leicht gerötet. Das war sonderbar, denn es war bei ihnen im Haus nicht wirklich warm. Vielleicht lag es daran, dass sie am Herd stand. Sie rührte in einem Suppentopf. Es roch köstlich, aber die Suppe war für eine Familie aus dem Dorf. Deren Vater war soeben gestorben und nun half Simons Mutter ihnen ein bisschen. Das machte sie öfter, wenn es jemandem schlecht ging.

»Dann werde ich Geerten mal so schnell wie möglich fragen. Gute Idee, Mutter …« Er zögerte kurz. »Ich glaube, ich gehe heute Abend mit dir in die Kirche zur Messe. Ist das in Ordnung?«

»Natürlich. Aber wieso, Simon? Du gehst unter der Woche doch nie mehr in die Kirche.«

»Naja, ich habe mir gedacht, dass ich mir vielleicht mehr Mühe geben sollte, mein Bestes zu tun. Das findet der liebe Gott doch gut, oder? Und ich …« Er wusste nicht, wie er es ausdrücken sollte, »ich glaube, dass ich viele Fehler begangen habe, für die ich um Vergebung bitten sollte. Deshalb möchte ich auch gleich bei Pater Benedictus beichten.«

Simon dachte, dass Mutter sich über seine guten Vorsätze freuen würde, doch sie blickte skeptisch drein.

»So ganz versteh ich das jetzt nicht. Woher kommt das jetzt so plötzlich? Hat das mit heute Mittag zu tun?«

»Ja, auch. Ich möchte einfach gern Gutes tun, damit Gott mich nicht bestrafen muss.« Er musste wieder an heute Mittag denken, an seine Angst. Er hatte plötzlich einen Kloß im Hals und musste schlucken.

Mutters Hand strich über seinen Kopf.

»Simon, wir kommen nicht in den Himmel, indem man gute Werke tut. Natürlich kannst du in die Kirche mitkommen, aber wichtig ist, dass du an Gott glaubst.«

Was meinte seine Mutter nun damit? Fand sie den Plan nicht gut? Er kapierte es nicht. »Ja, aber, Pater Benedictus sagt, dass man auch gute Werke tun muss, sonst kommt man nicht in den Himmel. Und wenn man seine Sünden nicht beichtet, dann werden sie einem nicht vergeben. Dann kommt man in die Hölle.« Das wusste doch jeder!

»Ja, ich weiß, dass er das denkt.« Mutter begann leiser zu sprechen. »Aber ich habe auch gehört, dass es jemanden gibt, der etwas anderes lehrt. Es gibt in Wittenberg einen Mönch, Martin Luther heißt er, und der sagt …«

Aber was der Mönch gesagt hatte, sollte er nicht erfahren. Mutter hatte den Satz nicht vollendet und ihn schnell mit dem Topf Suppe losgeschickt. Es war offensichtlich, dass sie darüber nicht weiter sprechen wollte. Simon verstand das nicht. Etwas anderes lehrt? Wieso? Und was hatte Mutter mit dem Mönch zu tun?

Neben ihm in der Kirchbank begann Mutter zu summen. Sie kannte alle Melodien, denn wenn sie konnte, ging sie jeden Tag zur Vesper, der Abendandacht. Manchmal hörte er Mutter zu Hause singen. Ihre Stimme war nichts Besonderes, aber trotzdem fand er es schön, wenn sie sang. Er sah sie aus den Augenwinkeln an. Sie hatte die Augen geschlossen und sah bleich aus, als ob sie sehr müde wäre. Aber wovon? Heute hatte sie doch nicht arbeiten müssen. In diesem Moment öffnete sie die Augen wieder und lächelte ihn an. Schnell schaute Simon weg.

Vorn in der Kirche brannten die Kerzen. Sie gaben ein schönes Licht, aber trotzdem schauderte es ihn. Er musste dabei an das Flammenmeer der Hölle denken. Er hatte gestern seine Sünden gebeichtet und Buße getan, indem er zehn Ave Maria gebetet hatte – doch die Erinnerung an gestern Mittag ließ ihn nicht so einfach los. Es hätte ein schlimmes Ende mit ihm nehmen können.

Er seufzte. Vielleicht sollte er jetzt einfach besser an etwas Schönes denken. Zum Beispiel an das Essen, das es gleich geben würde, bei Onkel, Tante und Vetter. Mutter hatte das Huhn mitgenommen, das sie gestern gebraten hatte, da freute er sich sehr drauf.

Er dachte gerade an einen knusprigen Schenkel, als er das helle Läuten einer kleinen Glocke hörte. Das war der Augenblick, wo der Priester das Stück Brot, die Hostie, hochhielt. Gleich würde der Becher mit Wein kommen. Der Priester hatte ihm erklärt, dass es für einen Gläubigen wichtig war, dabei zu sein. Das war ein Sakrament. Wenn er jetzt gut aufpasste, hatte er dem Herrn wieder etwas Gutes getan.

Die Kirchenglocke läutete noch, während Simon und Anna hinter ihrer Familie her zum Haus von Onkel und Tante spazierten.

»Habt ihr die Gerüchte gehört?«, fragte Tante Hadewich im Flüsterton Simons Mutter. Die schüttelte den Kopf.

Noch leiser fuhr die Tante fort: »In Usselen ist die Pest ausgebrochen. Der Mann von Frau Sticker hat es im Gasthaus gehört. Es sind schon zehn Leute gestorben.«

Simon lief inzwischen ganz dicht hinter Mutter und Tante her und hatte jedes Wort mitbekommen. Er sah, wie Mutter die Hand vor den Mund schlug, und auch ihm selbst lief ein Schauer über den Rücken. Die Pest in Usselen! Das Dorf lag direkt bei ihrem eigenen Dorf Zwilling. So lange er denken konnte, war die Pest noch nie so nah herangekommen! Er wusste allerdings, dass beide Eltern von Vater daran gestorben waren, als Vater zehn Jahre alt gewesen war. Die Pest war eine schreckliche Krankheit und Simon wäre es lieber gewesen, er hätte das Gerücht nicht gehört. Er schlug seine Arme um die Schultern und spürte, wie ihm kalt wurde vor Angst.

Er blickte rasch zu seiner Schwester. Hatte sie es auch gehört? Anna lief fröhlich neben ihm her. Er sah, wie sie lachte, denn Geerten vollführte irgendwelche verrückten Sprünge. Er verlangsamte seine Schritte und biss sich auf die Lippe. Die Pest, schwirrte es ihm im Kopf herum. Er sah vor seinem inneren Auge kranke Menschen, die auf dem Boden lagen und vor Schmerz wimmerten. Nein, lieber nicht dran denken. Eine schreckliche Vorstellung …

»Simon, gehst du eben Holz holen?« Onkel Henriks Stimme schien von weit her zu kommen.

»Äh, ja klar, mach ich.«

Er bog in den Pfad ein, der am Haus von Onkel und Tante vorbeiführte, und ging langsam weiter.

Würde die Pest auch in ihr eigenes Dorf kommen? Dann könnte auch er sie bekommen oder Vater, Mutter, Anna, eigentlich jeder. Da konnte man nun mal nichts dran ändern, und der Bader konnte auch niemandem helfen, der krank war. Innerhalb von ein paar Tagen konnte man tot sein. Plötzlich spürte er eine Hand auf seiner Schulter. Es war seine Mutter.

»Mutter, hast du mich erschreckt!«

»Ich wollte dir nur eben helfen.«

»Lass mal, ich schaff das schon alleine. Du hast deine Schürze nicht um, da machst du dir den guten Rock dreckig.«

»Dann wasch ich den halt.« Seine Mutter begann Holzscheite vom Boden aufzusammeln. »Halt die Arme hoch, dann leg ich sie dir hinein. Mal gucken, wie stark du schon bist!« Sie zwinkerte ihm zu.

Simon tat, was seine Mutter ihm sagte. Während sie die Holzstücke in seinen Armen aufschichtete, sah er sie an.

»Mutter«, fragte er zögernd, »kann die Pest eigentlich jeder kriegen?«

Mutter blieb stehen. »Du hast also mitbekommen, was Tante Hadewich gesagt hat?«

»Ja, tut mir leid, ich habe ein bisschen gelauscht.«

»Simon, mach dir keine Sorgen. Die Pest ist schon näher an uns gewesen.« Sie versuchte, ihn zu beruhigen, doch Simon fühlte noch immer die Angst in seinem Bauch kneifen.

Auf seine Nase fiel ein Tropfen und er sah nach oben. Dunkle Wolken waren aufgezogen, es fing an zu regnen. Mutter legte das letzte Holz auf seine Arme.

»Außerdem …«, fuhr sie fort, »du weißt doch, dass der liebe Gott für uns sorgt. Was immer auch passiert. Wir brauchen keine Angst zu haben, denn er ist gut zu uns.«

Simon sah seine Mutter an. Ihr Blick war sanft. Sie legte schweigend eine Hand auf seine Schulter und er fragte sich, ob Mutter überhaupt jemals Angst vor Gott hatte. Wenn sie von ihm sprach, hörte er etwas wie Liebe in ihren Worten. Ja, es war, als ob Mutter Gott echt lieben würde. Das kannte er so von niemand anderem.

»Komm«, sagte Mutter, »wir gehen schnell rein, sonst werden wir klatschnass.«

Der Boden war wieder voller Steine, die herausgeholt werden mussten. Das war Simons Aufgabe, eine Arbeit, die er nicht ausstehen konnte. Anna saß gemütlich drinnen bei Mutter. Mit ihr tauschen mochte er allerdings auch nicht. Spinnen zu lernen war schon mal gar nichts für ihn.

Simon warf einen Stein nach dem anderen an den Rand des Gemüsegartens. Wenn er fertig war, sollte er die Erde einmal durchharken. Damit würde er sicher den ganzen Vormittag beschäftigt sein. Doch anschließend ging er mit Rudolf zum Bach, um für Mutter Fische zu fangen. Darauf hatte er Lust.

Dann konnte er auch gleich erzählen, dass Geerten ihm Schwimmunterricht geben würde.

Zuerst hatte Geerten gelacht, als Simon ihm gestern erzählt hatte, dass er beinah ertrunken wäre. Seinem Vetter Schwimmen beizubringen, fand er aber prima. Geerten war schon siebzehn und Simon blickte zu ihm auf. Er hatte einen echten Bart und reiste oft in die große Stadt, um Wolle zu verkaufen. Wenn er dann zurückkam, hatte er immer viel zu erzählen. Das hörte sich immer nach Abenteuer an. Am liebsten wäre Simon auch sofort aufgebrochen und in die Welt hinausgezogen. Raus aus dem Dorf, Menschen kennenlernen, neue Dinge sehen.

Er hob einen großen Stein hoch und schleppte ihn zum großen Haufen. Plötzlich hörte er Geschrei. Es kam schnell näher. Was war denn da los?

Er blickte sich um und sah Anna hinterm Haus hervorkommen und auf ihn zurennen. Beinah über ihre eigenen Füße stolpernd kam sie bei ihm zum Stehen.

»Simon, komm schnell! Mit Mutter ist irgendwas.« Ihre Stimme klang schrill und ihre Augen waren vor Schreck geweitet. Bevor er fragen konnte, was passiert war, machte seine Schwester schon wieder kehrt und rannte zurück.

Simon wurde zuerst heiß, dann kalt. Anna hatte zwar nicht erzählt, was mit Mutter war, doch er hatte Tante Hadewich im Ohr. Es war, als ob sie ihm zuflüsterte: »Auch bei uns im Dorf ist die Pest ausgebrochen.« Die Worte hallten in seinem Kopf nach, als er rannte, als ob es um sein Leben ginge: die Pest, die Pest, die Pest.

Nicht gleich das Schlimmste denken, machte er sich Mut. Vielleicht war es irgendwas anderes, war Mutter gestürzt, hatte sich im Spinnrad verheddert oder …

»Anna!« Simon rief so laut er konnte. »Was ist denn los?« Aber seine Schwester hatte zu viel Vorsprung. Sie hörte ihn nicht. Er sah sie nach Hause rennen und folgte ihr.

Anna hämmerte gegen die Tür. »Mutter, mach jetzt auf.«

Erstaunt erreichte Simon seine Schwester. Er keuchte. »Ist die Tür abgeschlossen?«

Anna nickte und brach in Tränen aus. »Wir haben am Spinnrad gesessen und sie war ganz still. Normalerweise quatschen wir immer, aber heute hat sie fast nichts gesagt. Ich hab gesehen, dass sie Schweiß auf der Stirn hatte. Sie war auch ganz blass.«

Er stieß gegen die Tür, aber sie öffnete sich nicht. »Ist sie denn noch drinnen?«

Anna nickte. »Ganz sicher.«

»Mutter, bist du da?«, rief Simon. Er legte sein Ohr an die Tür. Er schüttelte den Kopf und hämmerte noch einmal an die Tür.

»Sie ist plötzlich vom Hocker gerutscht, auf den Fußboden. Ich hab mich total erschrocken«, flüsterte Anna.

»Ist sie hingefallen?«

»Ja, aber ich hab ihr wieder hochgeholfen und sie aufs Bett gelegt. Dann hab ich ihr gesagt, dass ich dich holen gehe. Sie muss noch drinnen sein und auf dem Bett liegen. Es geht ihr zu schlecht, um wegzugehen.«

Simon versuchte einen klaren Kopf zu bekommen. Was sollten sie jetzt machen? Er durfte jetzt auf keinen Fall in Panik geraten!

»Mutter, wenn du da bist, antworte bitte!« Seine Stimme klang verzweifelt.

Dann hörten sie plötzlich ihre Stimme. »Tut mir leid, Kinder. Ihr dürft jetzt nicht rein. Geht Tante Hadewich holen. Schnell.«

Anna drehte sich augenblicklich um und rannte los. Simon wollte allerdings lieber bei Mutter bleiben.

Seine Stimme bebte, als er sie fragte: »Mutter, hast du die Pest?«

Doch er wusste die Antwort bereits. Fast hätte er die Hände auf die Ohren gepresst, um nicht hören zu müssen, was Mutter sagte.

»Ja, Junge. Aber hab keine Angst. Gott wird dir Kraft geben.«

Simon schloss die Augen. Tränen liefen ihm über die Wangen, doch das war ihm jetzt egal. Er konnte es nicht glauben. Seine Mutter starb, die liebste Mutter der Welt. Von nun an sollte nichts mehr sein wie früher.

DER PLAN

Die Tage danach erlebte Simon wie in einem Rauschzustand. Als ob es nicht um ihn selbst ging. Es nicht seine Mutter war, die sie auf einem Karren weggefahren hatten, in ein weißes Laken gewickelt, das nicht mal sauber war. Als ob nicht er selbst am Waldrand ins Grab gestarrt hätte. Es ging um jemand anderes, ja, so war das wohl.

Das Einzige, was beim Vergessen half, war Holzhacken.

Simon ließ das Beil mit weitem Schwung durch die Luft sausen. Kratsch! Im Holz bildete sich ein langer Spalt. Noch ein fester Schlag. Kratsch! So musste er nicht nachdenken. Einzig und allein aufs Holzstück konzentrieren, ausholen und: Kratsch! Er warf die Stücke zur Seite und holte sich das nächste Scheit.

Kratsch. Nichts denken, nichts fühlen. Kratsch. Tolle Sache. Am liebsten hätte er den ganzen Wald in Stücke gehauen. So konnte er den Alptraum vergessen, der ihn jede Nacht aus dem Schlaf riss. Mit jedem Schlag vertrieb er die Bilder, die er immer wieder vor sich sah. Mutter, die im See schwamm und von zwei mageren, runzeligen Händen festgehalten wurde, die aus dem Wasser kamen. Das Bild seiner Mutter, die im Wasser verschwand, während er ein falsches Lachen hörte, das immer greller wurde. Er traute sich nachts fast nicht mehr zu schlafen, so viel Angst hatte er vor diesem Traum.

Aber auch wenn er wach war, dachte er an Mutter. Dann wurde er wütend und traurig zugleich. Seine Mutter war die frömmste Frau der ganzen Welt. Wenn es jemand verdient hatte, in den Himmel zu kommen, dann sie. Aber als sie im Sterben lag, war der Priester nicht bei ihr gewesen. Nein, er hatte sich natürlich nicht getraut, aus Angst sich anzustecken. Der Priester war schuld, dass Mutter nun im Fegefeuer saß, wo sie darauf warten musste, in den Himmel kommen zu dürfen.

Simon zerrte wütend am Beil, das im Holz klemmen geblieben war. Gestern hatte er jemanden sagen gehört, dass es diesmal mit der Pest nur halb so schlimm war. Es gab wenig Opfer in ihrem Dorf und es kamen keine neuen Kranken mehr hinzu. Das Dorf war einer Epidemie entgangen, die Gefahr war gebannt. Er empfand das völlig anders.

Er tat noch einen kurzen Hieb und fiel beinah hinten über, als die Beilklinge sich selbstständig machte. Das Teil rauschte direkt an seinem Kopf vorbei. Oha, jetzt nicht unvorsichtig werden.

Aus den Augenwinkeln sah er Rudolf angelaufen kommen.

»Hallo«, sagte Rudolf, doch Simon gab keine Antwort. Kratsch. Er wischte Schweiß von seiner Stirn. Seine Arme begannen weh zu tun. Aber er musste weitermachen. Kratsch.

Rudolf blickte ihn an. »Geht's?«

»Klar doch, super! Bis darauf, dass meine Mutter tot ist. Nee, mir geht's echt bestens.«

Rudolf ließ den Kopf hängen und Simon bereute seinen Ausbruch sofort.

»Tut mir leid.« Er schleppte ein großes Holzstück zum Hauklotz und legte es oben drauf.

»Ich kann dir nicht erklären, wie's mir geht. Jede Nacht hab ich einen grässlichen Albtraum, und wenn ich wach werde, dann ist meine Mutter nicht mehr da. Den ganzen Tag lang denk ich nur an sie. Und ich weiß nicht mal, ob sie in den Himmel darf. Ich hasse die Pest! Hasse sie, hasse sie!«

Simon haute mit aller Kraft zu und das Holz fiel in zwei Stücken auf die Erde. Verblüfft guckte er hinterher. »Hast du das gesehen? Mit einem Mal!« Er besah sich seine Arme. »Bald krieg ich sooo Muckis.«

»Äh, ja«, antwortete Rudolf unsicher.

Simon baute sich vor seinem Freund auf, schob den Ärmel hoch und hielt ihm den Arm hin. »Da kommst du nicht mit, was?«

»Also, dafür bin ich bei anderen Sachen ganz gut, denk ich mal.« Rudolf sah ihn mit einem vorsichtigen Grinsen an.

»Hoffentlich beim Holzstapeln, ich könnte nämlich ein bisschen Hilfe gebrauchen.«

Rudolf setzte sich augenblicklich in Bewegung und begann das Holz an der Hauswand aufzuschichten. Simon hackte in der Zeit weiter.

»Wenn wir hier fertig sind, könnten wir vielleicht noch mal kurz in den Wald gehen«, sagte Simon zwischen zwei Beilhieben. »Ich möchte dir noch was erzählen.« Leise fuhr er fort: »Ich hab einen geheimen Plan.«

Rudolf blickte ihn überrascht an. »Was?«

»Nicht hier«, sagte Simon schnell und sah sich dabei um.

Rudolf zog die Augenbrauen hoch und stellte keine weiteren Fragen. Gemeinsam ging die Arbeit zügig voran, sodass sie so schnell wie möglich loskonnten. Nachdem Simon das letzte Stück Holz in Stücke gehauen hatte, rannten sie schnell aus dem Dorf, den Hügel hoch und in den Wald. Dort stiegen sie auf ihren privaten Kletterbaum.

»Los, erzähl!«

»Das ist aber eine längere Geschichte.«

Rudolf ließ sich gegen einen Ast sacken. »Ich hab alle Zeit der Welt.«

»Du darfst mit niemandem darüber sprechen, ja?«

»Ja ja, schon kapiert.«

»Auch nicht mit Anna!«

»Sag mal, vertraust du mir nicht?«

»Also gut. Ich werde auf Reisen gehen«, platzte es aus ihm heraus.

Rudolf fiel beinah vor Schreck vom Baum. »Was gehst du?«

»Pscht, schrei nicht so«, zischte Simon. »Ich gehe auf Reisen. Das heißt, sobald ich genug gespart habe.«

»Wohin, warum? Wie kommst du an Geld?« Rudolf gab sich alle Mühe, leise zu sprechen, aber es gelang ihm nicht wirklich.

»Leise. Ich erklär's dir. Als Mutter gestorben ist, konnte der Priester nicht zu ihr kommen und sie mit Öl salben. Das tut er nämlich normalerweise, wenn jemand zu leben aufhört. Sie hat das letzte Sakrament nicht bekommen, und deswegen hat sie auch nicht mehr beichten können.«

»Stimmt, Priester salben nie jemanden, der an der Pest stirbt. Die haben Angst, sich selbst anzustecken.«

»Ja, ist mir auch klar. Aber meine Mutter kann deswegen nicht in den Himmel kommen. Sie muss erst im Fegefeuer warten.«

Simon schluckte. »Ich hab da nur eine einzige Möglichkeit. Ich muss für sie so ein Papier kaufen, einen Ablass.«

»Einen was?«

»Einen Ablass. Das ist ein Schriftstück, das du bei einem Priester kaufen kannst, und damit kriegst du Sünden erlassen. Deine eigenen oder die von jemand anderem. Dann muss derjenige nicht so lange im Fegefeuer bleiben.«

Rudolf dachte kurz nach. »Heißt das, deine Mutter darf eher in den Himmel, wenn du so ein Papier kaufst?«

»Ja, du hast's kapiert. Deshalb suche ich mir Arbeit bei einem Bauern und werde Geld sparen.

»Äh, warte mal. Ob dein Vater das gut findet? Und dein Onkel und deine Tante? Bei denen musst du doch auch helfen?«

Simon zuckte mit den Schultern. »Sie wissen davon noch nichts. Aber ich hab keine andere Wahl. Abgesehen davon kümmert sich Vater sowieso nicht um mich. Er ist ständig auf der Burg, und wenn er mal zu Hause ist, meckert er nur herum.«

Rudolf nickte verstehend. Simon fuhr fort: »Wenn ich dann genügend Geld zusammen habe, geh ich nach Jüterbog. Geerten hat mal von einem Priester erzählt, der ganz spezielle Ablässe verkauft. Die sind sehr viel wert. Mit denen kann ich auf einen Schlag alle Sündenschulden meiner Mutter abbezahlen.«

»Aber das ist ziemlich weit weg. Wie kommst du dahin? Reist du alleine? Oder …« Er sah Simon plötzlich aufgeregt an. »Soll ich mitkommen?«

Simon lachte. »Nee du, Rudolf, das ist nichts für dich.«

»Och …« Rudolf biss sich auf die Lippe. »Wahrscheinlich nicht, nein«, sagte er matt.

»Das macht nichts. Ich weiß auch noch nicht genau, wie ich's machen werde. Erst muss ich Geld verdienen. Das ist der erste Schritt. Was hältst du von meinem Plan?«

Rudolf riss einen Zweig vom Baum ab und brach ihn in der Mitte durch. »Ich find das super, dass du das für deine Mutter tun willst. Aber ich frag mich echt, was dein Vater davon halten wird. Und Onkel und Tante.«

Irgendwo knackte ein Ast. Simon sah zu Rudolf: »Warst du das?« Rudolf schüttelte den Kopf.

Da kam irgendwer! Simon wollte schon rufen: »Anna, geh weg«, als er Geerten unter dem Baum stehen sah.

»Auweia«, sagte Simon leise. Geerten hatte alles mitbekommen. Er hätte schon längst für seine Tante Wasser holen und die Schweine füttern sollen.

»Komm mal lieber ganz fix vom Baum, Simon«, sagte sein Vetter.

Simon lief mit gesenktem Kopf neben Geerten her. Sein Vetter ging langsam.

»Sitz ich jetzt in der Tinte?«, fragte Simon. Er sah vorsichtig zur Seite. Geerten schien in Gedanken versunken und schwieg weiter.

»Simon, ich habe gehört, was du Rudolf erzählt hast«, sagte er endlich.

Was sagte Geerten da? Simon blieb stehen und fühlte, wie ihm das Blut in den Kopf schoss.

»Hast du uns belauscht?« Er wusste nicht, ob er wütend sein oder Angst haben sollte.

»Nein.« Geerten schüttelte den Kopf. »Zumindest nicht absichtlich. Ich hab euch einfach reden gehört, als ich vorbeigekommen bin.«

Simon dachte rasend schnell nach. Was genau hatte Geerten gehört und was nicht? War es schlimm, dass er etwas gehört hatte?

»Simon«, fuhr Geerten fort. »Es ist sinnlos, nach Jüterbog zu reisen. Der Priester ist schon lange tot. Du kannst da den Ablass nicht mehr kaufen.«

Noch soeben, als er Rudolf von seinen Plänen erzählt hatte, hatte Simon wieder Hoffnung gespürt. Und jetzt das!

»Nein, das glaube ich nicht. Das sagst du nur, weil du meinst, ich wäre zu jung, um zu reisen. Aber das stimmt überhaupt nicht!« Simon merkte, wie er immer wütender wurde. Das hatte er nun nicht von Geerten erwartet!

»Ich kann wohl alleine auf Reisen gehen, und das werde ich auch machen. Ich will für meine Mutter den Ablass kaufen, und du hinderst mich nicht daran!« Er wollte nichts mehr hören und lief davon. Er ließ Geerten rufen und flüchtete zu sich nach Hause. Dort war es still und kalt. Vater war auf der Burg arbeiten und Anna war bei Onkel und Tante. Das Feuer war aus. Doch es roch hier noch nach Mutter, hier war sie am nächsten.

Simon hätte am liebsten irgendwas kaputt geschlagen. Er trat gegen die Vorratskiste, so fest er konnte.

»Au!« Er schrie es hinaus, vor Schmerz und Kummer. Es war alles so unfair! Er sackte auf die Knie und presste die Fäuste gegen seine Augen. Hörte die Heulerei jemals auf? Er war's leid. Er wollte was tun, irgendwas, das gegen die Tränen half.

»Simon?« Von draußen ertönte eine Stimme. Tante Hadewich.

Er wollte nicht, dass sie hereinkam, aber das durfte er nicht sagen. Er hörte ihre Schritte leise näherkommen und legte die Hand auf sein Gesicht. Die Tante durfte seine Tränen nicht sehen. Sie sagte nichts, sondern setzte sich neben ihn.

Simon war froh, dass sie nichts sagte und keine Fragen stellte. Langsam beruhigte er sich wieder. Sie gab ihm ein Taschentuch und er schnäuzte sich.

»Komm, wir gehen essen.« Sie stand auf und zog Simon hoch. »Nachher sprechen wir dann darüber.«

An jenem Abend bei Onkel und Tante erzählte er alles. Seine Albträume, seine Angst um Mutter, seinen Plan. Sie hörten ihm zu, wurden nicht wütend und lachten ihn nicht aus.

Sie begriffen seinen Kummer wegen Mutter. Sie begriffen, dass er wollte, dass Mutter in den Himmel kommt und dass er dafür alles zu tun bereit war.

Als er fertig war, ergriff Onkel Henrik das Wort. »Vielleicht solltest du erst mal mir zuhören, Simon.« Er sprach mit sanfter Stimme und Simon sah, wie Tante Hadewich unsicher dreinblickte.

»Vor einiger Zeit habe ich dieses Schriftstück bekommen.«

Aus einer Kiste holte sein Onkel ein Stück Papier hervor. Es sah ziemlich alt und zerknittert aus. Was konnte das sein?

Simon nahm es und rutschte zum Feuer, um das Papier besser sehen zu können. Es war voll mit wunderschön gedruckten Buchstaben, doch er konnte ja nicht lesen.

»Was ist das? Was steht da?« Er gab die Seite wieder Onkel Henrik.

»Martin Luther hat das geschrieben.«

Hallo, hatte sein Onkel einen Brief von Luther bekommen? Dem Mann, von dem Mutter gesprochen hatte?

»Aber das ist doch dieser Mönch mit der neuen Lehre? Warum hast du das? Worum geht's da?« Simon begriff es nicht.

»Leise.« Sein Onkel flüsterte immer noch. »Luther ist in der Tat ein Mönch mit neuen Ideen. Er hat das hier vor vier Jahren geschrieben und andere haben es gedruckt, damit es jetzt viele Menschen lesen können. Ich habe es gründlich gelesen, und ich glaube, dass es dir weiterhelfen kann, Simon.«

Simon versuchte geduldig zuzuhören, als Onkel Henrik ihm erklärte, was Luther geschrieben hatte. »Luther ist gegen den Ablasshandel. Luther sagt, dass die Ablässe einzig und allein dafür da sind, dem Papst seine neue Kirche in Rom zu bezahlen und seine Schulden zu tilgen. Laut Luther steht in der Bibel über Ablässe nichts. Da steht aber, dass man seine Sünden bereuen muss. Man kann nicht einfach ein bisschen Geld hinlegen, um dann in den Himmel zu kommen.«

Simon hatte das Gefühl, ihm würden gleich die Augen aus den Höhlen fallen.

»Aber dann würde die Kirche lügen. Unmöglich. Woher weiß Luther das denn?«

»Er ist Professor an der Universität von Wittenberg. Er kann Griechisch und Lateinisch lesen. Er weiß ganz viel über die Bibel. Er will eigentlich gar keinen Streit mit der Kirche. Er findet nur das, was die Bibel sagt, wichtiger als das, was die Kirche sagt.«

Simon blickte in die ernsten Gesichter von Onkel und Tante. »Und ihr glaubt, was Luther sagt?« Allmählich begann er dahinter zu steigen. Sein Onkel nickte.

»Aber …«, begann Simon, aber eigentlich wusste er nicht, was er fragen sollte. Es war schon ziemlich komisch. Die Kirche, der Papst und die ganzen anderen wichtigen Leute in der Kirche – lagen die denn alle falsch? Und was hatte das jetzt mit Mutter zu tun? Wie konnte ihm das helfen? Meinten sie, dass er keinen Ablass kaufen sollte? Sie sollten nur nicht glauben, dass sie ihn von seinem Plan abbringen könnten!

»Uns ist klar, dass du noch richtig darüber nachdenken musst. Ist auch nicht einfach.«

Simon schüttelte den Kopf.

»Deswegen haben wir einen Plan. Wir hoffen, dass du ihn auch gut findest. Im Januar kommen in Worms ganz viele Leute zusammen. Der neue Kaiser Karl V. hat diese Versammlung, den Reichstag, einberufen. Nun möchte er, dass Luther auch dort hinkommt, um seine Lehre vorzustellen.«

Simon begriff noch nicht, worauf Onkel Henrik hinauswollte, schluckte seine Frage aber vorläufig herunter.

»Wir möchten dir vorschlagen, dass du dir zuerst Luther anhörst, bevor du so einen Ablass besorgst.«

»Zu Luther fahren?« Da hatte er wohl etwas falsch verstanden. »Ihr meint: nach Worms?«

Simon sah, wie sich die Köpfe von Onkel und Tante auf- und abbewegten. Er hatte anscheinend doch richtig verstanden.

»Ja, zusammen mit Geerten. Er muss da sowieso noch Wolle verkaufen und du siehst bestimmt ein, dass er dich gerne bei der Tour dabeihaben möchte.«

Simon versuchte das Gehörte sacken zu lassen. Er ging auf Reisen! Nach Worms, einer richtigen Stadt, drei Tagesreisen von Zwilling entfernt. Das war ein gewaltiger Schritt in seinem Leben. Das war vielleicht sogar der erste Schritt auf dem Weg zu seinem Traum, seinem Traum, in die Welt hinauszufahren.

»Was hältst du davon?«, fragte Tante Hadewich vorsichtig.

»Ich …«, stammelte Simon, »ich find den gut, den Plan. Ja, ich glaube, das ist ein sehr guter Plan.«

Onkel Henrik begann zu lächeln und sah zu seiner Frau. »Ja, sowas haben wir uns schon gedacht, oder, Hadewich?«

Die Tante nickte knapp. »Aber eine Sache noch: Erzähl das nicht groß herum. Es hat nicht jeder etwas für Luther übrig. Und dein Vater … der will auch nichts von seiner Lehre wissen.«

SUSANNA

An diesem Morgen war Simon ganz zappelig vor Aufregung. Er hatte große Lust auf diesen Tag! Zum ersten Mal in seinem Leben ging er auf Reisen. Zum ersten Mal raus aus dem Dorf, die Stadt sehen. Er fühlte sich groß und erwachsen.

Noch vor Sonnenaufgang war er auf gewesen, hatte im Dunkeln seine Hose angezogen, die Tunika übergestreift und den Gürtel umgelegt. Die Frühjahrsmorgen waren noch kalt, daher zog er sein Chaperon auf, die Mütze, die ihm bis zu den Schultern herunterreichte.

Anna und Vater schliefen noch. Er würde sie erst wecken, wenn sie tatsächlich abreisten. Er hoffte, dass Rudolf auch wach sein und nachwinken würde. Wer weiß, wie lange sie einander nicht sehen würden?

Das Stück Brot, das er gestern bereitgelegt hatte, wickelte er in einen Lappen. Er bekam in diesem Moment keinen Bissen herunter. Unterwegs machten sie ganz sicher Pause, er würde es dann essen.

Er sah noch einmal nach, ob sein Messer am Gürtel hing. Ja, natürlich. Hatte er ja schon vier Mal kontrolliert. Den Zinnbecher schob er in das Tuch, das er sich schräg um die Brust geknotet hatte. Hält!

Er tastete nach dem Leinenband um sein Handgelenk, in dem sich sein Geld befand. Drei Dukaten hatte er von Vater bekommen. Damit sollte er sparsam umgehen. Geerten sagte, dass sie in den Herbergen die billigsten Schlafplätze nehmen würden. Wenn sie erst einmal in Worms waren, konnten sie bei der Verwandtschaft von Onkel Henrik übernachten.

Er hörte, wie Geerten draußen leise seinen Namen rief. Simon öffnete vorsichtig die Tür.

»Bist du so weit?«, fragte sein Vetter. Simon nickte. »Noch eben von Vater und Anna verabschieden.«

Es war nicht einfach, von Anna loszukommen, aber er versicherte ihr, so schnell wie möglich zurückzukommen. Glücklicherweise war Rudolf in der Zwischenzeit bei ihnen aufgetaucht.

»Du kümmerst dich um meine Schwester, solange ich weg bin, ja?«

Rudolf grinste breit. »Macht's gut, Freund.«

Sie umarmten einander kurz.

»Wenn du zurückkommst, erzählst du mir alles, ja?«

»Ja, Rudolf, versprochen!« Simon legte die Hand auf sein Herz und sah ernst drein, lachte dann aber los. »Glaubst du vielleicht, dass ich meinen Mund halten könnte?«

Vater gab Simon einen kurzen Klaps auf die Schulter und murmelte, dass er immer noch nicht begreifen würde, warum sie ausgerechnet zum Markt in Worms mussten, um die Wolle zu verkaufen. Geerten und Simon tauschten einen kurzen Blick, wie echte Verschwörer, aber keiner antwortete.

Geerten warf seine Säcke mit Wolle auf die Bauernkarre, die draußen wartete. Mit einem Satz sprang Simon hinterher. Als Geerten neben ihm saß, schnalzte der Bauer mit der Zunge. Das Pferd, das vor dem Wagen stand, riss seinen Kopf hoch, wieherte einmal und setzte sich langsam in Bewegung.

»Hüa!«, spornte der Bauer das Tier an. So holperten sie langsam zum Dorf hinaus, nach Südwesten, Richtung Hügel und Wälder.

Die Reise nach Worms war weniger spannend als Simon gehofft hatte. Nachdem sie das erste Stück auf der Karre hatten mitfahren können, war es ihnen nicht gelungen, eine weitere Mitfahrgelegenheit zu finden. Also mussten sie laufen.

Mit der Wolle auf dem Rücken und zwei dicken Blasen an seinen Füßen schien ihm die Stadt unendlich weit weg. Von den Übernachtungen in den Herbergen wusste er kaum noch etwas, außer dass er beide Abende auf seiner Strohmatte direkt eingeschlafen war.

Nach fast drei Tagen Reise sagte Geerten: »Wir sind fast da. Ich bin stolz auf dich, Vetter. Ich hätte nie gedacht, dass wir so schnell sein würden. Wenn wir gleich um die Kurve sind, siehst du Worms vor dir.«

»Echt?« Plötzlich war der Muskelkater in seinen Beinen verschwunden und es gelang ihm sogar, noch ein bisschen schneller zu laufen.

»Worms«, sagte er feierlich, »heute, am sechzehnten April im Jahre unseres Herrn 1521, ist für dich ein historischer Tag. Denn an diesem Tag tritt Simon Flach durch deine Pforten!«

Geerten schüttelte lachend den Kopf.

Wohin er auch sah in der Stadt, erblickte Simon Straßen und Häuser. Kleine Häuser, wie er sie vom Dorf zu Hause kannte. Aber auch große Häuser aus echten Steinen und mit Fenstern aus Glas. Das hatten sie im Dorf nicht. Es gab Häuser mit Fachwerk: große schwarze Balken mit weißen Steinen dazwischen. Und hohe Häuser an schmalen Gassen. Wenn er hochschaute, wurde ihm ganz schwindelig.

Und noch nie hatte Simon so viele Menschen auf einmal gesehen. In seinem Dorf kannte er jeden, aber hier wimmelte es wie auf einem Ameisenhaufen. Männer und Frauen, die an der Mauer lehnten, sich unterhielten und lachten. Menschen, die mit irgendwelchen Sachen zum Markt unterwegs waren. Kaufleute schoben ihre Karren vor sich her, Kinder rannten umher. Hier und da liefen auch Hühner und Ziegen herum.

»Was ein Volk, ha?« Geerten schob Simon vor sich her. Sie kamen auf einen großen Platz, wo es nicht ganz so voll war.

Simon drehte sich nach seinem Vetter um. »Ich find's klasse! Genau, wie ich es mir vorgestellt habe.«

»Es ist heute voller als sonst, wegen der Zusammenkunft. Ich hab gerade gehört, wie jemand gesagt hat, dass Luther jeden Moment ankommen kann. Deshalb sind die Menschen alle so aufgedreht.« Geerten redete ziemlich laut, um das Getöse der Menschen zu übertönen.

»Was hast du gesagt?«, schrie Simon zurück. Er wollte sich umdrehen, um Geerten zu fragen, in welche Richtung sie mussten, doch er schaffte es nicht. Sie waren in einem großen Strom Menschen gelandet, die alle in dieselbe Richtung wollten.

Er konnte sich nur mittreiben lassen. Plötzlich war die Hand auf seiner Schulter verschwunden. Er drehte den Kopf, um zu sehen, wo Geerten abgeblieben war. Er sah lauter fröhliche Gesichter, doch sein Vetter war nicht darunter.

»Geerten?«, rief Simon, aber er hörte keine Antwort.

Vielleicht sollte er besser umdrehen, um Geerten zu suchen? Er prallte mit einem großen Kerl zusammen, der aber so tat, als ob nichts gewesen wäre. Simon taumelte kurz im Kreis herum. Wohin jetzt?

»Geerten!«, rief er noch einmal, doch das war sinnlos. Was sollte er jetzt machen? Stehenbleiben konnte er auch nicht, die Menschen schoben ihn einfach weiter. Mit dem Strom landete er wieder in einer Gasse. Sie sah aus wie alle anderen Straßen, die er schon gesehen hatte. Aber wo war er? Und wie kam er hier wieder weg?

Er hörte, wie »Da kommt er!« gerufen wurde und lauter Jubel sich unter den Menschen ausbreitete. Wen meinten die? Simon geriet in Panik. Wo war Geerten jetzt? Wie konnte er ihn wiederfinden? Er dreht seinen Kopf in alle Richtungen. Nichts, keine Spur von seinem Vetter. Er musste zum Platz zurück. Aber wie?

»Hilfe«, begann er zu rufen, »kann mir jemand helfen?«

Doch niemand blickte sich nach ihm um.

Er ballte die Fäuste und hätte am liebsten auf irgendwas eingehauen. »Wie konnte das jetzt wieder passieren?«, dachte er wütend.

Zum Glück fiel ihm ein, dass Geerten umgekehrt auch nach ihm suchen würde. Und Geerten war schon siebzehn, dem fiel sicher was ein. Wenn die Meute weg war, würden sie sich schon wiederfinden.

Es schien eine Ewigkeit zu dauern, aber allmählich verschwand die Menschenmasse doch und die Gasse wurde leerer. Nun würde Geerten sicher wieder vorbeikommen.

Simon ließ sich auf den Boden sinken. Er war plötzlich schrecklich müde. Doch er musste wach bleiben, denn er durfte seinen Vetter nicht verpassen.

Er rieb sich das Gesicht. Sein Bauch begann fürchterlich zu knurren. Er seufzte. Noch immer keine Spur von Geerten.

Er dachte an Rudolf. Sollte er diese Geschichte seinem Freund auch erzählen? Er sah es bereits vor sich. Nicht wirklich heldenhaft.

Plötzlich hörte er, wie neben ihm eine Tür aufging. Er blickte auf und sah das Gesicht eines Mädchens, ungefähr in seinem Alter, mit dunklen Augen. Sie lugte um den Türpfosten. Auf dem Kopf trug sie ein weißes Käppchen und vor ihrem Kleid hing eine lange Schürze. Schnell stand Simon auf und sortierte seine Sachen. Das Mädchen sah ihn und lächelte ein bisschen. Naja, er sah sicher nicht toll aus.

Er wollte ihr etwas sagen, etwas Gescheites. Doch er sah in ihre braunen Augen und stammelte nur: »Tag.«

Das Mädchen kam aus dem Haus und ging zu ihm hin. »Guten Tag. Wer seid Ihr?«

»Äh, sag einfach du zu mir, ja? Ich bin Simon, Simon Flach. Ich, äh, bin gerade mit meinem Vetter in der Stadt angekommen.«

Das Mädchen neigte den Kopf ein wenig zur Seite und sah ihn mit einem fragenden Blick an. Die ist hübsch, durchfuhr es ihn. Er vergaß beinah, was er sagen wollte. O ja, er wusste es wieder. »Aber wir haben uns verloren, mein Vetter und ich. Es war vorhin so voll, und plötzlich war Geerten weg.«

»Ach ja, die Leute wollen alle Doktor Luther sehen. Ist er schon vorbeigekommen?«

Simon hatte keine Ahnung. Er hatte andere Dinge im Kopf. Das Mädchen blickte noch einmal umher. »Er ist sicher schon weg. Ach, schade!«

»Sind die ganzen Leute vorhin auch wegen Luther hier gewesen?«

Das Mädchen nickte begeistert. »Ja, er ist ein echter Held.«

»Was hat er denn gemacht?«

»Hm?« Das Mädchen sah ihn verblüfft an. »Du bist hier in Worms und weißt nicht, was Luther gemacht hat?«

»Naja … ein bisschen was weiß ich natürlich schon«, begann Simon. Sie hielt ihn doch wohl nicht für doof?

Plötzlich schlug das Mädchen die Hand vor den Mund. »Wie unhöflich von mir. Ich habe mich nicht mal vorgestellt. Mein Name ist Susanna.«

Simon war froh, dass das Gespräch eine andere Wendung nahm und schüttelte begeistert Susannas Hand. »Was für ein schöner Name.«

»Danke. Meine Mutter hieß auch so.« Sie schwieg kurz. »Aber sie ist bei meiner Geburt gestorben.« Sie drehte den Kopf weg und räusperte sich kurz. Beinah hätte er seine Hand ausgestreckt, um sie zu trösten. »Wie schrecklich«, sagte er behutsam.

»Äh, ja …« Susanne drehte sich mit einem Ruck wieder zu ihm hin, so als ob sie ihn nicht gehört hätte. »Was machen wir nun wegen deinem Vetter?«

Simon verstand, dass sie lieber nicht über das Thema reden mochte. Er hob die Hände. »Wir sollten bei Verwandten von meinem Onkel übernachten. Aber ich weiß nur, dass sie Juliana heißt und mit Fulco verheiratet ist. Ich hab keine Ahnung, wo die wohnen. Vielleicht sollte ich einfach ein bisschen in der Stadt herumwandern und hoffen, dass wir uns über den Weg laufen.«

Susanna lachte. »Das ist kein guter Plan. Weißt du eigentlich, wie groß die Stadt ist?«

»Tut mir leid«, murmelte er. Das Mädchen musste ihn für einen Riesentrottel halten, ein Eindruck, den er unbedingt entkräften wollte.

»Nein, ich muss mich entschuldigen. Das war nicht nett von mir.« Sie dachte kurz nach. Er sah, wie sie den Finger gegen ihre Nasenspitze drückte. Das sah ziemlich lustig aus.

»Weißt du was, komm mal mit rein. Vielleicht hat Frau Sacher eine Idee. Sie leitet die Dienerschaft hier.«

Susanna lief schnell nach drinnen. Simon kamen kurz Zweifel. Was machte er da nun wieder? War das klug von ihm? Er warf nochmal einen Blick in die Gasse. Keine Spur von Geerten.

»Los, komm, Simon.« Er hörte Susanna rufen und ging schnell hinter ihr her.

AUF DER SUCHE

Natürlich hatte er sich zu Hause die große Stadt und die Welt außerhalb des Dorfes in Gedanken ausgemalt – aber was er jetzt sah, lag jenseits seiner Vorstellungskraft.

Als er wie ein braves Hündchen hinter Susanna herlief, kam Simon aus dem Staunen nicht mehr heraus. Von der Straße aus konnte man es fast nicht erkennen, aber nun wurde ihm langsam klar, dass er tatsächlich in einem Palais gelandet war. Überall lief Dienerschaft herum, in Sachen, die noch schicker waren als die Kleidung, die der Burgherr aus seinem Dorf trug. In den langen Fluren lagen dicke Teppiche, und er sah die prächtigsten Möbel aus dem teuersten Holz. Überall im Palais brannten Fackeln und Kerzen, an den Wänden hingen Gemälde.

»Wer wohnt hier?«, fragte Simon, als er sich von dem Schrecken erholt hatte.

»Kurfürst Friedrich der Weise von Sachsen, mein Chef. Oder eigentlich der Chef meiner Chefin Frau Sacher.«

Susanna drehte sich um. »Aber er wohnt hier nicht, er logiert hier nur vorübergehend. Wegen der Zusammenkunft, weißt du?«

Simon nickte, froh, dass er zumindest das wusste.

Sie stiegen eine Treppe hinab und gingen durch eine Tür, die in die Küche führte. In einer Ecke der Küche stand eine Bank.

»Komm, wir setzen uns. Möchtest du was trinken?«

Eigentlich wusste Simon nicht mehr so genau, was er wollte, aber er musste auch nicht antworten. Susanna drückte ihm eine Schale in die Hand und ließ sich neben ihn auf die Bank plumpsen. »Frau Sacher kommt gleich.« Sie nahm einen großen Schluck von dem dünnen Bier.

»Wer ist der Kurfürst?« Wahrscheinlich wieder eine dumme Frage, aber er musste wissen, wo er hier reingeraten war.

»Er ist der König von Sachsen«, erklärte sie. »Das liegt weit weg im Osten. Sein Schloss steht in Wittenberg. Dort halten wir uns auch die meiste Zeit des Jahres auf. Martin Luther wohnt auch dort, er arbeitet an der Universität.«

»Frau Sacher!« Susanna sprang auf, als eine große, kräftige Frau in die Küche kam. Sie trug die gleiche Kleidung wie Susanna und hielt in beiden Händen ein Tablett.

Mit offenem Mund schaute Simon zu, wie Susanna der Frau freundlich zuredete und sie schließlich überredete, ihrem neuen Freund Unterkunft für die Nacht zu geben.

Mit gerümpfter Nase sah die Chefin zu ihm herüber. »Leg ihn in den Stall, zu den Knechten. Aber lass ihn erst ein Bad nehmen, er stinkt nämlich. Und morgen früh nach dem Frühstück will ich ihn nicht mehr hier sehen, klar?«

»Jawohl. Dafür sorge ich persönlich.« Susanna sprang auf und zog Simon hinter sich her.

Unsicher sah Simon seine Freundin an: »Stink ich echt?«

»Nee, halb so schlimm. Guck mal! Hier kannst du baden.«

Lachend schubste Susanna ihn in ein Zimmer. »Bis später dann.«

Am nächsten Morgen war Simon schon früh auf den Beinen. Er konnte es alles noch immer nicht fassen und hatte das Gefühl, zerrissen zu werden. Hier lief er nun, in der großen Stadt, Susanna an seiner Seite. Es gab so viel zu sehen und zu hören. Die Menschen, die Straßen und selbst die Gerüche waren hier anders als in Zwilling, und er wollte das alles auf sich wirken lassen. Er wollte es genießen, ausführlich bewundern, Susannas Geschichten zuhören.

Seine andere Hälfte aber wollte so schnell wie möglich

zum Markt, um Geerten zu suchen. Er musste heute seinen Vetter unbedingt wiederfinden.

Ohne dass er es wollte, ging seine Fantasie mit ihm durch. Stell dir vor, dass du heute Abend noch hier herumläufst, ganz allein, im Dunkeln. Und wenn du Geerten überhaupt nicht finden kannst, heute nicht, morgen nicht, was war dann? Zurück nach Zwilling? Aber wie?

Mal ganz davon abgesehen, dass er eigentlich hier war, um Luther zu hören. Na, solange er hier ohne seinen Vetter herumirrte, wurde daraus sowieso nichts. Vielleicht, schoss es ihm durch den Kopf, vielleicht hätte er doch einfach seinen eigenen Plan durchziehen sollen. Dann würde er jetzt Geld für den Ablass von Mutter verdienen. Er hätte länger darüber nachdenken sollen. Stattdessen hatte er einfach der Aussicht auf Abenteuer nachgegeben.

»Sind wir bald auf dem Markt?«, fragte er.

Susanna nickte. »Gleich hierhinter. Was hat dein Vetter eigentlich an?«

Simon musste schwer nachdenken. »Tja, ganz normal, braune Tunika, so wie ich. Und er hat einen Bart, einen kurzen braunen Bart.«

Als sie auf den Markt kamen und sich umschauten, sahen sie eigentlich nichts anderes als bärtige Männer in Tunikas.

»Ähm, Simon, fällt dir vielleicht noch mehr ein?«

Er zog entschuldigend die Schultern hoch. »Also, ja, vielleicht hat er seine Beutel mit Wolle dabei und schon einen Platz gefunden.«

»Gut, dann lass uns danach suchen. Aber wir müssen gut aufpassen, dass wir uns hier nicht verlieren«, sagte Susanna. »Am besten hältst du meine Hand fest.«

Ihre warme Hand nahm die seine. Simon spürte, wie seine Wangen zu glühen begannen, und er war sich sicher, gerade genauso einen schafsmäßigen Gesichtsausdruck zu haben wie Rudolf, wenn er Anna sah. So fühlte sich das also an!

So liefen sie gemeinsam an den Korbhändlern vorbei, an den Tonnen der Fischverkäufer, den Kisten mit Lauch und Kohl, und am Bader, der mitten auf dem Platz einem Bauern einen Backenzahn zog. Der Mann schrie und Simon sah schnell weg. Plötzlich hörte er es, laut und deutlich. Jemand rief seinen Namen!

»Hast du das gehört?«

Susanna nickte. Sie blieben stehen und sahen sich um. Wieder hörten sie eine Männerstimme: »Simon!«

»Da!« Susanna zeigte aufgeregt in die Richtung. Aber noch als sie das sagte, sahen sie einen kleinen Jungen auf einen Mann zulaufen. Der Mann sah überhaupt nicht aus wie Geerten, aber anscheinend hieß der Junge Simon.

»Wo bist du denn, du Strolch? Du sollst bei mir bleiben, sonst verlier ich dich.« Der Junge bekam kurz eine gelangt und blieb dann brav bei seinem Vater.

Simon ließ die Schultern hängen. Der kleine Hoffnungsfunke war jäh wieder erloschen.

Sie streiften weiter über den Markt, zwischen Verkäufern, Bauern, Mägden, Mönchen und anderen Menschen in bunten Kleidern.

»Ich hab gehört, dass lauter Bischöfe und Kardinäle in der Stadt sind. Sie sind alle gekommen, um dabei zu sein, wenn Luther heute Abend vor dem Kaiser erscheint.«

Simon blieb abrupt stehen. »Ist das heute Abend, dass er erklärt, was er denkt?«

»Ja, das wird spannend. Ich bin neugierig, ob der Kaiser ihm wirklich zuhört. Kurfürst Friedrich meint, der Kaiser möchte sich einfach Luther vom Halse schaffen.«

»Ha, warte mal.« Simon hatte plötzlich einen Einfall. »Ich weiß, was ich mache! Ich muss heute Abend da hin, denn das ist eigentlich der Grund, warum wir nach Worms gekommen sind. Um Luther zu hören. Dann ist Geerten auch da!«

»Ja, natürlich«, Susanna sah ihn bewundernd an, »das ist die Idee.«

Endlich verschwand die dunkle Wolke, die über ihm hing, und Simon spürte wieder Hoffnung. Er hatte einen Plan, einen guten Plan.

»Weißt du was, dann möchte ich jetzt ein bisschen mehr von der Stadt sehen. Sollen wir zusammen auf Erkundung gehen?«

Susanna grinste. »Irgendwie hab ich mir schon gedacht, dass du auf Abenteuer stehst.«

Zwölfmal schlug direkt über ihnen die Glocke der gewaltigen Kirche. Der Dom St. Peter war eine herrliche Kirche, eine der vielen, die Simon heute gesehen hatte. Sie waren die Stadtmauer entlanggerannt, durch die Judengasse gelaufen, hatten die Synagoge gesehen und von den Aussichtstürmen aus die Umgebung der Stadt betrachtet. Sie waren am päpstlichen Palais vorbeigekommen, wo heute Abend das Treffen stattfand.

Jetzt aber saßen sie auf den Stufen vor dem Südeingang des Doms und aßen das Stück Wurst, das Susanna mitgebracht hatte.

»Macht das eigentlich Spaß, Magd zu sein?«, wollte Simon wissen.

»Ja, sicher«, sagte Susanna kauend, »zumindest bei einem Fürsten. Man kommt viel rum, das gefällt mir.«

Das konnte Simon gut nachvollziehen. »Ich bin zum ersten Mal in meinem Leben aus meinem Dorf raus. Ich bin überhaupt noch nicht rumgekommen«, gestand er.

»Aber du hast ein ruhiges Leben bei deinen Eltern«, sagte Susanna, »das ist doch bestimmt auch schön. Ich musste schon früh arbeiten, weil mein Vater nicht alleine für mich sorgen konnte.«

Simon schwieg. Er mochte nicht von Mutter erzählen. Es

war schön, gerade mal nicht an seinen Kummer denken zu müssen.

»Hast du auch noch Geschwister?«, fragte Susanna.

Er nickte. »Eine Schwester, Anna. Ist ein Jahr jünger als ich.«

»Wie schön. Dann seid ihr also zu viert.«

Simon schüttelte den Kopf, fast nicht wahrnehmbar, aber Susanna sah es doch. Sie wollte gerade fragen, aber Simon kam ihr zuvor. »Unsere Mutter ist tot. Mein Onkel und meine Tante, die Eltern von Geerten, kümmern sich um uns, denn Vater muss auf der Burg bei unserem Dorf arbeiten.«

»Wie …«, setzte Anna erschrocken an.

»Die Pest. Es ging ganz schnell. Es ist noch keine zwei Wochen her, dass wir sie begraben haben.« Simon merkte, dass seine Lippe zu zittern begann. Er musste aufhören zu erzählen.

Susanna stieß einen leisen Pfiff aus und sah ihn an. Ihre Augen glänzten. Plötzlich war es, als ob sie sich seit Jahren kannten. Als ob er ihr einfach nichts mehr erklären musste, weil sie bereits alles voneinander wussten.

Sie nahm seine Hand. »Es ist gut, dass du sie gekannt hast.«

Er nickte. »Ja. Wegen ihr bin ich hier.«

ÜBER LUTHERS KAMPF

Simon hatte das Gefühl, Stunden geredet zu haben. Die Turmuhr schlug jedoch gerade mal eins, als er sagte: »Und deshalb bin ich in Worms. Ich muss ganz einfach sicher sein, dass meine Mutter im Himmel ist. Onkel und Tante sagen, dass ich lieber Luther anhören sollte, bevor ich einen Ablass für meine Mutter kaufen gehe.«

Susanna hatte die ganze Zeit still dagesessen und zugehört, nun aber hatte sie wieder die Fingerspitze gegen ihre Nase gepresst. Sie dachte nach.

»Du weißt aber sonst nichts über ihn?«

»Also, nein, wenig. Erzähl doch mal, was du über ihn weißt. Das ist bestimmt ganz nützlich für mich und zusätzlich komm ich mir dann vielleicht nicht mehr so dumm vor.« Er stupste sie mit der Schulter an und lächelte.

»Ich finde dich überhaupt nicht dumm.«

»Zum Glück.«

»Na gut, mal kurz nachdenken«, fuhr Susanna fort, jetzt wieder ernst. »Wenn ich das richtig weiß, war Luther erst Mönch in einem Kloster, außerdem ist er Professor an der Universität von Wittenberg. Vor ein paar Jahren war jemand da, den der Papst geschickt hatte und der spezielle Ablässe verkaufen sollte. Von dem Geld, was er damit verdiente, sollte eine große Kirche in Rom gebaut werden. Luther hat damals gesagt, die Ablässe wären nicht gut, weil in der Bibel nichts davon stehen würde, dass man damit in den Himmel kommt. Darüber wollte er mit anderen sprechen und deshalb schrieb er alles auf, wo er anderer Meinung war. Das sind die 95 Thesen.«

»Ja, genau so einen Ablass wollte ich für meine Mutter kaufen.«

Susanne nickte und fuhr fort: »Natürlich hat sich der Papst darüber geärgert, dass Luther anderer Meinung war als er. Also hat er Luther gesagt, dass er nach Rom kommen soll. Aber Luther ist nicht hingegangen, weil sie ihn dort sicher auf den Scheiterhaufen gebracht hätten.«

Simon schauderte es.

Susanna erzählte weiter. »Dann sollte er zu einem Abgesandten des Papstes, Kardinal Cajetan, kommen und erklären, dass er seine Worte zurücknehmen würde. Dass es ihm Leid täte und er es nicht so gemeint habe. Aber da hat er sich geweigert.«

Simon sah Susanna mit großen Augen an. »Das ist doch lebensgefährlich!«

»Allerdings. Cajetan konnte ihn dafür mit einem Bann belegen, was heißt, dass er dann nicht mehr zur Kirche gehörte. Zusätzlich konnte ihn dann jeder ermorden, ohne dafür bestraft zu werden. Zum Glück fand mein Chef das, was Luther sagte, sehr gut. Er hat ihn beschützt.«

»Erzähl weiter.« Simon fand die Geschichte ziemlich spannend. Er musste wissen, wie es weiterging.

»Also, er musste dann noch mit jemand anderem sprechen, ich weiß nicht mehr genau, mit wem. Aber ist auch egal. Auf jeden Fall jemand von der Kirche. Und dabei hat Luther gesagt, dass der Papst und die Kirche auch nicht alles wissen und sich deshalb irren könnten. Er hat den Papst selbst als Gottes größten Gegner bezeichnet, als den Antichrist.«

»Echt? Hat er gesagt, dass der Papst der Teufel sei?« Simon konnte es nicht glauben, dass jemand sowas sagen durfte.

»Ja. Immer mehr Leute fanden, dass Luther Recht hat. Deshalb ist klar, was der Papst jetzt gedacht hat: Dieser Luther muss ganz schnell seinen Mund halten. Er schrieb ihm einen Brief, in dem stand, dass er sechzig Tage Zeit habe zu widerrufen, ansonsten würde er mit dem Bann belegt und für vogelfrei erklärt.«

»Aber Luther hat natürlich nichts widerrufen.«

»Ne, weißt du, was er gemacht hat? Er hat den Brief verbrannt, in einem großen Feuer. Das war letztes Jahr am 10. Dezember, bei uns in Wittenberg.«

»Warst du dabei?«, fragte Simon voller Achtung.

»Ja, das war ein ziemliches Spektakel!«

»Echt?« Da wäre er auch gerne bei gewesen. »Aber«, dachte er laut weiter, »warum ist er dann jetzt hier?«

»Nachdem Luther den Brief verbrannt hatte, haben sich Papst und Kaiser beratschlagt. Der Kaiser hat sich dabei überlegt, dass Luther mal alles ganz genau erklären könnte. Am besten auf der Zusammenkunft hier in Worms, die ja schon beschlossen war.«

»Und da hat Luther mitgemacht?«

»Ja, sieht so aus. Viele Leute meinen, dass sie ihn hier in eine Falle locken wollen. Papst und Kaiser stecken normalerweise unter einer Decke. Aber der Kaiser hat ihm freies Geleit für Hin- und Rückweg versprochen.«

»Ah ja, denn er ist ja jetzt vogelfrei, also schutzlos.«

»Ja. Ich find's ziemlich mutig, dass er gekommen ist.«

Simon dachte über alles nach, was er gehört hatte, und wurde immer neugieriger auf Luther. Der Mann musste seiner Sache sehr sicher sein, wenn er dafür alles riskierte.

»Aber wenn dieser Luther nun Recht hat, wie kommt meine Mutter dann in den Himmel? Wie können wir unsere Schuld dann begleichen, wenn es mit einem Ablass nicht geht? Das muss er mir dann bitteschön auch noch erklären.«

»Ich erzähl's ihm, ja? Guter Mann, mein Freund hier hat das noch nicht ganz kapiert.« Susanna sprang von den Treppenstufen auf. »Aber jetzt machen wir uns erst mal auf die Suche nach einem Brunnen. Ich hab fürchterlichen Durst.«

Simon lief hinter ihr her und dachte: »Rudolf, ich hab dir so viel zu erzählen!«

EIN SCHWARZES SCHAF UND EINE GROSSE BEULE

»Wie kommen wir je hier rein?« Simon und Susanna standen an eine Hauswand gepresst, während überall um sie herum Menschen standen. Sie hatten verabredet, sich an der Hand zu nehmen und auf keinen Fall loszulassen. Simon mochte nicht noch einmal jemanden verlieren.

Susanna kaute auf ihrer Unterlippe. »Ich weiß es nicht. Die Torwächter da lassen uns nie und nimmer durch.«

Blöd, dass sie daran nicht vorher gedacht hatten. Nun mussten sie sich schnell irgendwas ausdenken, einen guten Grund, mit dem sie den Wächter vorm päpstlichen Palais davon überzeugen konnten, dass auch sie zur Zusammenkunft gehörten.

»Ich kann einfach sagen, dass mein Vetter da drin ist und dass ich ihn verloren habe«, wagte Simon einen Versuch.

»Ja, das ist ’ne Idee.« Susanna klang mäßig begeistert.

Plötzlich zeigte sie in die Ferne. »Sieh mal, da kommt der Kurfürst! Das passt, wir schließen uns einfach seinen Leuten an.«

Sie bahnten sich schnell einen Weg durch die Menge zur prächtigen Kutsche des Kurfürsten. Susanna begrüßte die Lakaien und anderen Dienstmägde und stellte sich rasch mit Simon zu ihnen in die Reihe. Ihm war ziemlich mulmig, er kam sich vor wie ein schwarzes Schaf in einer Herde weißer Ziegen. Jedenfalls fiel er ziemlich auf.

Er sah den Kurfürsten aus seiner Kutsche steigen, und feierlich schritten sie hinter ihm her. So weit ging alles gut. Das

Palaistor kam in Sicht. Die Chance, dass das klappen würde, war ziemlich klein, aber jetzt konnte er nicht mehr hier weg. Simon blickte so viel wie möglich zu Boden, in der Hoffnung, nicht aufzufallen. Nur noch ein paar Meter. Aus den Augenwinkeln sah er die Wächter. Es waren ziemlich viele. Ihm begannen die Knie zu schlottern. Susanne drückte seine Hand und er drückte schnell zurück.

»He, ihr da! Was macht dieser Bauernlümmel hier?«

Der Menschentross vor ihm ging einfach weiter, doch Simon wurde der Weg durch eine Lanze versperrt. An seiner linken Seite zog Susannas Hand, sie sah sich panisch um, doch Hilfe war keine zu erwarten.

Simon wurde von einem Soldaten an der Schulter gepackt, er konnte nicht mehr weg. Der muskulöse Mann sah auf ihn herunter und lachte falsch. »Du hast sicher gedacht, du könntest dich hier reinmogeln, du kleine Ratte. Kommt gar nicht in die Tüte. Die Zuschauertribüne fürs Volk ist auf der anderen Seite, aber die ist längst voll. Also verschwinde von hier!«

Prompt fühlte Simon, wie er in die Luft gehoben wurde und dabei Susannes Hand loslassen musste. Er sah, wie sie entsetzt den Mund aufriss. »Nein!«, rief sie.

»Geh rein!«, rief Simon, während er kopfüber weggetragen wurde. »Ich warte hier auf dich. Pass gut auf und frag nach Geerten Kaufmann.«

Er sah noch, wie Susanna nickte. Dann vernahm er ein dumpfes Dröhnen und einen heftigen Schmerz vom Kopf hinauf in die Beine. Danach wurde es rings um ihn schwarz.

Als er wieder zu sich kam, spürte er eine große Beule an seinem Hinterkopf. Er stöhnte.

Als er sich umsah, merkte er, dass er nicht der einzige war, der wartete. Überall standen und saßen Männer und Frauen. Sie hatten alle nur ein Thema: dass Luther in diesem Augenblick vor dem Kaiser stand. Simon hatte keine Lust, ihnen zuzuhören. Er dachte an Geerten und Susanna. Er hoffte ja so sehr, dass sie seinen Vetter erkennen würde. Aber wie sollte das gehen? Und was sollte er machen, wenn es heute Abend nicht klappte? Er fühlte sich mutlos. Er setzte sich und lehnte sich gegen einen Baum, ein Stückchen weg von den anderen Menschen.

Er musste plötzlich an das denken, was seine Mutter gesagt hatte. »Hab keine Angst. Gott wird dir Kraft geben.« Vielleicht sollte er beten.

Er versuchte sich an das zu erinnern, was er in der Kirche gehört hatte. Pater Noster, das Vaterunser auf Lateinisch. Aber er konnte es nur zur Hälfte. Vielleicht besser zur Heiligen Maria, Mutter Gottes, beten, oder einer anderen Heiligen? Er wusste es nicht. Seine Mutter würde es gewusst haben. Hätte er mal besser aufgepasst und wäre öfter mit in die Messe gegangen … Simon legte den Kopf in seine Arme.

»Gott, ich kann nicht beten, es tut mir fürchterlich leid. Magst du mir bitte helfen? Ich muss meinen Vetter wiederfinden, aber ich weiß echt nicht wie.« Er flüsterte die Worte vor sich hin, mit geschlossenen Augen, schwieg kurz. »Und würdest du bitte meine Mutter aus dem Fegefeuer holen und bei dir im Himmel aufnehmen?« Er erschreckte selbst vor dem, was er sagte. Durfte er so mit dem lieben Gott sprechen? Rasch sah er sich um. Es hatte ihn keiner gehört. Zum Glück.

Das Warten schien Stunden zu dauern, aber endlich vernahm er ein aufgeregtes Johlen und Jauchzen. Er rannte wieder zurück zum päpstlichen Palais, zu der Stelle, wo er auf Susanna warten wollte.

»Simon! Simon!«

Das war Susanna! Er hörte ihre Stimme inzwischen aus dutzenden heraus. Aufgeregt schrie er: »Ja, hier bin ich!«

»Ich hab ihn gefunden! Komm schnell.« Susanna kam durch die Menschen hindurch auf ihn zugerannt und er traute seinen Augen nicht. Neben ihr lief Geerten, sein Vetter. Ja, er war es tatsächlich! Simons Beine liefen so schnell sie konnten, und plötzlich war alles wieder gut. Geerten nahm ihn in die Arme, er hörte seine Stimme, der vertraute Geruch von Schafswolle stieg in seine Nase. Es war einfach ein Wunder und er konnte es fast nicht glauben. Am liebsten hätte er gelacht und geheult zugleich.

»Ich hab schon gedacht, ich finde dich nie mehr wieder!«, sagte Geerten erleichtert.

Simon nickte. »Ich hatte die Hoffnung auch fast schon aufgegeben. Ach Geerten, was bin ich froh!« Sie strahlten einander an.

Plötzlich fiel Simon ein, dass Susanna ja auch noch da war. Er blickte zur Seite und sah, dass sie ein breites Grinsen im Gesicht hatte.

»Geerten, das ist meine Freundin Susanna.« Stolz zeigte er auf sie.

Geerten lachte. »Wir haben uns schon vor einer halben Stunde kennengelernt. Ich habe mich wohl bei allem und jedem nach Simon Flach erkundigt, und diese nette junge Dame ist vor Freude an die Decke gesprungen, als ich sie gefragt habe, ob sie dich kennen würde. Und sie hat gleich gesagt: ›Du bist Geerten Kaufmann.‹ Nein, stimmt nicht, sie hat gesagt: ›Ihr seid Geerten Kaufmann.‹«

Sie mussten alle drei lachen. Simon betrachtete Susanna und dachte, dass sie fast genauso schön wie Mutter war. »Vielen Dank, Susanna«, sagte er leise.

Abends lagen Simon und Geerten gemeinsam auf der Strohmatte bei der Kusine von Onkel Henrik und ihrem Mann in deren kleinem Haus am Stadtrand. Sie konnten beide nicht schlafen.

»Ich hatte mir schon gedacht, dass du auch zum Reichstag gehen würdest. Und dass ich dich da wiederfinden würde. Deshalb waren wir natürlich auch da«, flüsterte er.

»Ja«, sagte Geerten, »aber nun hast du Luther nicht gesehen.«

»Stimmt, das ist echt schade. Wie war's eigentlich? Hat der Kaiser ihn angehört?«

Geerten schnaubte verächtlich. »Nicht wirklich. Als erstes kam ein Abgesandter des Papstes, der hat Luthers Buch mit seinen ganzen Ideen hingestellt. Er hat Luther gefragt: ›Ist dieses Buch von Euch und wollt Ihr zurücknehmen, was Ihr darin geschrieben habt?‹ Nun, die erste Frage war nicht so schwer, und er hat ›Ja‹ geantwortet. Für die zweite Frage hat er sich vierundzwanzig Stunden Bedenkzeit ausgebeten. Morgen Abend geht's also weiter.«

»Warum möchte er nochmal darüber nachdenken?«

Geerten drehte sich Simon zu: »Ich kapiere ja nicht allzu viel von dem Ganzen, aber dieser Mann ist echt was Besonderes, Simon. Wie er da so stand heute Abend, vor den ganzen Mächtigen. Ich weiß nicht, aber man konnte schon sehen, dass er Angst hatte. Und trotzdem … es war, als ob er eine Autorität hatte, die nicht von ihm selbst herstammt. Luthers Lehre wird die Kirche komplett verändern. Vielleicht möchte er deshalb noch Bedenkzeit. Um sicher zu sein, dass es Gottes Willen ist. Und er weiß natürlich auch ganz genau, dass er sein Leben riskiert, wenn er nicht aufgibt.«

»Meinst du, dass ich morgen auch mit hinein kann? Ich möchte ihn unbedingt sehen!« Simon war auf einmal rasend neugierig auf diesen Mann. Und er war jetzt so nah dran.

»Aber sicher sind wir dabei. Dafür werden wir sorgen. Wir stellen uns den ganzen Tag in die Schlange zu den Plätzen für die Bürger. Wir haben doch sowieso nichts Besseres vor.«

Simon gähnte. Er merkte plötzlich, wie müde er doch war, und wollte es Geerten noch sagen, doch da hatte der Schlaf ihn schon ereilt.

DER KAISER UND DER MÖNCH

Den ganzen Tag hatte Simon ungeduldig auf diesen Augenblick gewartet. Doch nun waren Geerten und er endlich im großen Saal des päpstlichen Palais`.

Durch das riesige Gedränge und die vielen Fackeln und Kerzen war es ziemlich warm. Simon spürte, wie ihm der Schweiß den Rücken hinablief. Er war froh, dass er nicht so einen dicken Mantel aus Hermelin anhatte wie die Männer unten. Sie saßen vorn im Saal nebeneinander in einer Reihe und sahen vornehm und wichtig aus. Hinter ihnen hingen große Fahnen und neben jedem Stuhl stand ein Bediensteter.

Die Saalwände waren mit prächtigen Gemälden geschmückt. Die Sonne schien durch die Bleiglasfenster und erzeugte bunte Figuren auf dem Fußboden. Auf den Bänken saßen Kardinale und Bischöfe. Simon kannte die Gewänder von gestern vom Markt her.

Wohin er blickte, standen Menschen. Er sah aufgeregte und gespannte Gesichter. Man flüsterte und unterhielt sich mit lebhaften Gesten. Er dachte an Rudolf und hätte ihn jetzt gern dabei gehabt.

»Ist das der Kaiser, da auf dem Thron?«, flüsterte Simon ehrfurchtsvoll. Geerten nickte und stieß ihn dann in die Seite: »Guck, da kommt Luther.«

Er hätte das gar nicht sagen müssen. Das Stimmengewirr verstummte jäh und alle Augen waren auf den einfachen Mönch gerichtet, der soeben den Saal betrat. Das war er also!

Er sah, wie ein anderer Mann wichtig nach vorn kam.

»Das ist der Abgesandte eines Bischofs, Johannes Eck«, flüsterte Geerten Simon ins Ohr.

»Und, Doktor Martin Luther«, hob der Mann mit lauter Stimme an, »wollt Ihr diese Bücher hier, die demnach von Euch stammen, widerrufen?«

Luther ging langsam zu dem Tisch mit den Büchern. »Das sind unterschiedliche Arten von Büchern. Ich möchte sie darum gern in drei Gruppen unterteilen«, begann er. Luther sprach weiter, doch Simon hatte Schwierigkeiten, ihm zu folgen. Er blickte sich vorsichtig im Saal um und musste sich beherrschen, nicht laut loszurufen, als er plötzlich Susannas Gesicht in der Menge erblickte. Sie stand an der Seite, im Halbschatten, aber er war sich sicher, dass sie es war. Hatte sie ihn auch gesehen? Vielleicht konnten sie sich nachher noch treffen.

Luthers Stimme drang wieder zu ihm durch. »Wenn ich vielleicht manches zu scharf ausgedrückt haben sollte, so tut mir das leid.« Simon spitzte die Ohren. Bot Luther nun doch eine Entschuldigung an? Doch Luther fuhr fort: »Aber was den Inhalt selbst angeht: Wenn Ihr mit der Bibel beweisen könnt, dass ich Unrecht habe, dann werde ich widerrufen.«

Es schien kurz, als ob der Kaiser aufstehen wollte. Sein Kopf wurde noch roter, als er bereits war. Er ließ sich wieder auf seinen Stuhl zurücksinken und presste den Mund zusammen.

»Er ist wütend«, bemerkte jemand hinter Simon trocken.

Überall begannen die Leute wieder zu flüstern. Die Kardinäle und Bischöfe saßen regungslos wie Standbilder da, aber ihre Blicke gingen unruhig umher.

Der Abgesandte blickte unsicher zum Kaiser, ging dann aber doch wieder nach vorn. Dumpf dröhnten seine Schritte, als er drohend herumstampfte. »Ihr wollt immerzu mit uns diskutieren. Aber nun sagt«, sprach der Mann langsam, mit kaum unterdrückter Wut, »nehmt Ihr zurück, was Ihr geschrieben habt? Ich möchte nur ein Ja oder ein Nein hören.«

Im Saal herrschte jetzt Totenstille. Man hielt den Atem an. Das war die Stunde der Wahrheit. Und dort stand er, Luther. Er musste antworten. Alle Blicke waren auf ihn gerichtet, man wartete gespannt darauf, was er sagen würde.

Simon biss sich auf die Lippe. Er spürte die Spannung im Saal – als ob jeden Augenblick etwas Schreckliches passieren könnte. Erst jetzt fiel ihm auf, dass unten an den Wänden auf ganzer Länge Wächter postiert worden waren. Würden sie ihre Speere heute benutzen müssen? Was hatte der Kaiser geplant? Simon sah, wie dieser mit zusammengekniffenen Augen Luther anblickte. Wenn Blicke töten könnten … Es schien Stunden zu dauern, bis der Mönch wieder das Wort ergriff.

»Wenn Ihr wirklich eine einfache Antwort wollt, möchte ich sie erläutern.« Luthers Stimme klang freundlich, aber entschlossen. »Ich glaube nicht an das, was Papst und kirchliche Räte lehren, denn die irren sich durchaus des Öfteren. Überzeugen kann mich einzig und allein die Bibel. Mein Gewissen ist an das Wort Gottes gebunden.« Simon spürte sein Herz klopfen. Seine Hände waren feucht von Schweiß, aber trotzdem kalt.

»Darum kann und will ich nichts zurücknehmen von dem, was ich geschrieben habe. Das wäre nicht richtig. Mein ehrwürdiger Kaiser, tut bitte nichts, was Euch hinterher reut. So wahr mir Gott helfe, Amen.«

Simon klappte das Kinn herunter. Um ihn herum brachen die Menschen in Jubel aus, doch er hielt seinen Blick auf diesen Mann gerichtet. Was für ein Mut! Luther blieb bei seinen Aussagen. Kein Wort nahm er zurück. Er unterwarf sich nicht dem Willen von Menschen, egal, wie wichtig die auch sein mochten. Er tat, was Gott von ihm verlangte. Es konnte ihn alles kosten, er gehorchte dennoch.

»Unglaublich«, sagte Simon leise. Er schüttelte den Kopf. Dass jemand so mutig sein konnte. »Unglaublich.«

»Fantastisch, oder?«, brüllte Geerten aufgeregt neben ihm.

Er kam kaum gegen den Krach an. Doch Simon konnte nicht antworten. Ihm fehlten buchstäblich die Worte. Er konnte seinen Blick nicht von diesem Mann abwenden und sah, wie Luther sich langsam umdrehte. Beinah unbemerkt verließ er den Saal.

Von diesem Augenblick an wusste er eines gewiss: Diesem Mann konnte er vertrauen. Er sah in ihm Mutter, wie sie an jenem Nachmittag hinterm Haus von Onkel Henrik und Tante Hadewich gesprochen hatte. Luther hatte das, was Mutter auch gehabt hatte – diese ruhige Gewissheit, wenn es um Gott ging.

Alle Zweifel, die er an dem Mönch mit der neuen Lehre gehabt hatte, waren auf einen Schlag verschwunden. Wenn es jemanden gab, dem er seine Fragen vorbringen konnte, dann war das Luther. Und wenn Luther behauptete, dass der Ablasshandel nicht richtig war, dann wollte Simon alles darüber wissen. Aber dann wollte er auch von ihm wissen, wie seine Mutter stattdessen in den Himmel kommen konnte. Er musste sich mit diesem Mönch treffen und mit ihm sprechen.

»Ich will mit ihm reden, Geerten«, rief Simon zur Seite. Sein Vetter sah ihn verständnislos an.

»Ich muss mit Luther reden!« wiederholte er.

»Viel Erfolg. Ich glaube aber nicht, dass das geht. Nach heute wird man ihn streng bewachen. Es laufen hier eine Menge Leute herum, die das gar nicht lustig fanden, was wir hier heute gesehen haben.«

»Du meinst, sie werden ihn …« Simon traute sich nicht, den Satz zu vollenden.

»Es würde mich nicht überraschen, wenn ihm etwas zustößt.«

Wie konnte Geerten das so einfach sagen? Wenn das stimmte, dann …

»Nein! Das soll Gott verhüten!«, rief Simon. »Wir müssen was unternehmen!«

Er wollte loslaufen, er musste jetzt zu Luther, bevor es zu spät war. Geerten hielt ihn fest: »Hiergeblieben!«

»Aber ich muss ihn sprechen. Ich muss zu Luther, Geerten. Lass mich doch los. Wenn er tot ist, weiß ich wieder nicht, wie ich Mutter retten kann.« Er konnte unmöglich so kurz vor seinem Ziel sein und sollte jetzt einfach nach Hause gehen, ohne Antwort auf seine Fragen! Was blieb ihm dann?

Geerten zerrte ihn nach draußen. Plötzlich hörte er die Stimme von Susanna. »Was ist los?«

»Ach …« Er konnte nur die Achseln zucken und war froh, dass Geerten es Susanna erklärte.

Susanna blickte Simon ernst an, doch ihre Augen verrieten ein Lächeln. »Ich weiß, wo er logiert«, sagte sie. »Und noch ist er nicht tot, Simon, hörst du?«

Trotz seiner Sorgen musste Simon lachen. »Gut, du hast Recht. Geerten, was meinst du?«

Geerten boxte Simon gegen die Schulter. »Lass es uns wagen. Susanna, zeigst du uns den Weg?«

BRUDER ANDREAS

»Es tut mir schrecklich leid, aber ich darf Bruder Martin im Moment nicht stören.«

Der Mönch an der Tür von Luthers Unterkunft, dem Johanniterhof, hatte das große Holztor nur einen Spalt geöffnet. Hinter ihm sah Simon einen Wächter strammstehen, der dabei aber alles genau im Blick behielt.

»Aber ich möchte nur ganz kurz mit ihm sprechen. Ich muss ihn was Wichtiges fragen. Bitte!«

Das Tor öffnete sich weiter und der Mönch schlüpfte hindurch. »Es geht jetzt wirklich nicht, mein Junge. Ich darf auf gar keinen Fall jemanden hereinlassen, angesichts der Umstände. Luther ist in diesem Augenblick seines Lebens nicht sicher. Vielleicht geht's, wenn in der Stadt wieder Ruhe eingekehrt ist.«

Simon nickte niedergeschlagen. Auch Geerten und Susanna schwiegen.

Der Mönch legte Simon seine Hand auf den Kopf. »Nur den Mut nicht sinken lassen. Ich werde für dich beten.«

Tag um Tag klopfte Simon an das raue Holz des Tores. Und jeden Tag sah der Mönch, der Andreas zu heißen schien, ihn betrübt an. »Leider. Die Gefahr ist noch nicht gebannt. Ich darf dich nicht hereinlassen.«

Jeden Abend vorm Schlafengehen kniete sich Simon neben seine Strohmatte und sagte nur zwei Worte: »Bitte, Herr.«

Die Zeit drängte allmählich. Geerten hatte inzwischen alle Wolle verkauft und meinte nun, dass sie inzwischen doch mal an die Heimreise denken müssten. Er würde zu Hause gebraucht. Das konnte Simon durchaus nachvollziehen, und er war froh und dankbar, dass sein Vetter bisher so viel Geduld mit ihm gehabt hatte.

Sobald sie abends frei hatte, kam Susanna ihn besuchen. Dann stromerten sie schwatzend durch die Stadt oder halfen Onkel Henriks Kusine im Haus.

Wenn er mit Susanna zusammen war, war Simon glücklich und er mochte nicht daran denken, dass bald der Tag kam, an dem sie voneinander Abschied nehmen mussten. Als Geerten ihm sagte, dass sie am nächsten Tag aufbrechen würden, war er am Boden zerstört.

»Geerten meint, dass es noch ziemlich lange dauern kann, bis ich mit Luther sprechen kann. Und zu Hause wartet die Arbeit auf ihn.«

Es war gerade Abend geworden und Simon ging mit Susanna am Fluss entlang zur Stadt hinaus. Susanna schwieg. Simon stellte sich vor, wie er in ein paar Tagen wieder Holz hacken würde. Wie alles wieder dasselbe sein würde.

»Ich find das alles so sinnlos. Was hat mir diese Reise jetzt gebracht? Da ich nicht mit Luther sprechen kann, ist sie eigentlich komplett umsonst gewesen.« Genervt schmiss er einen Stein ins Wasser.

Susanna räusperte sich übertrieben. »Sag mal, hast du nicht was vergessen?« Sie blieb stehen, stemmte die Hände in die Hüften und sah ihn böse an.

»Ne, 'tschuldige, ich …«, begann Simon zu stammeln, da ihm gerade aufgefallen war, was er da gesagt hatte. »So hab' ich das nicht gemeint. Dass ich dich kennengelernt habe, ist echt genial, und darauf möchte ich auch nicht mehr verzichten. Aber ich …« Er unterbrach sich, denn er sah, dass Susanna das Lachen kaum noch unterdrücken konnte. »Du bist sooo lustig, Simon!«

Er seufzte und nahm schnell ihre Hand. Schweigend gingen sie weiter.

Plötzlich sah Simon, wie zwei Gestalten aus der Stadt auf sie zugelaufen kamen. »Da!«, rief er.

»Geerten?«

»Ja, aber wer … holla, ist das Bruder Andreas?«

Simon zog seine Freundin hinter sich her. Sie rannten zur Brücke, wo man beinah gegeneinanderprallte.

Andreas, der anscheinend nicht die allerbeste Kondition hatte, versuchte hechelnd und schnaufend seine Geschichte loszuwerden, doch sie verstanden praktisch kein Wort.

»Er … ist … weg …«

»Wer? Wer ist weg?« Simon hielt seinen Kopf dicht an Andreas, der sich keuchend auf das Brückengeländer stützte.

»Luther.« Geerten übernahm das Wort. »Er ist anscheinend vor zwei Tagen abgereist. Unter strengster Geheimhaltung, damit er nicht verfolgt werden kann.«

»Ich hab wirklich nichts davon gewusst, Simon, sonst hätte ich es dir erzählt«, entschuldigte sich Andreas.

»Ne, das ist doch jetzt nicht wahr!« Simon konnte es nicht glauben.

»Aber wir wollen doch sowieso morgen nach Hause. Da ist das doch jetzt auch egal, Simon.« Eigentlich wollte Geerten ihn damit trösten, doch Simon merkte, wie ihm allmählich die Pumpe ging.

»Vergiss es.« Er schüttelte den Kopf. »Wir reisen ihm hinterher. Ich werde mit ihm sprechen.«

»Aber Simon«, protestierten die anderen einstimmig.

Geerten legte seine feste Hand auf Simons Schulter. »Hör mal zu. Luther ist fort, ich muss nach Hause und du kommst mit. Mir ist klar, dass das schlimm für dich ist, aber es geht nicht anders.«

Simon schüttelte die Hand ab und verschränkte die Arme. »Es geht um Mutter, und deshalb werde ich mich an seine Fersen heften. Zur Not auch alleine.«

Susanna blickte verlegen zu Boden und Andreas kratzte sich am Hals. »Dürfte ich vielleicht einen Vorschlag machen?«

Sie sahen den Mönch an, der inzwischen wieder normal atmen konnte. »Jetzt, wo Luther nicht mehr hier ist, ist auch mein Auftrag erledigt. Ich kehre morgen früh in mein Kloster in Wittenberg zurück. Da wohnt auch Luther. Simon könnte mit mir mitkommen …«

Frische Luft füllte Simons Lungen. Ihm wurde schwindelig davon und er konnte nur mit offenem Mund nicken.

»Möchtest du das, Simon?«, fragte Geerten. »Traust du dich das?«

»Trauen? Das ist gar nicht das Thema. Ich muss! Und ja, ich möchte auch, sehr gern sogar.« Simon nahm die kräftigen Hände des Mönchs und drückte sie. Er hörte Susanna hinter sich feixen. Ja, das sah in der Tat ein wenig eigenartig aus. So als ob er dem Mönch ewige Treue schwöre. Schnell ließ er Andreas wieder los.

»Findest du das auch gut, Geerten?«

»Als ob man dich irgendwie stoppen könnte«, antwortete Geerten lachend.

EIN KARREN IM WALD

Die Arme um den Mönch geschlungen trabte Simon auf dem Rücken einer dunkelbraunen Stute durch die Wälder. Von der Umgebung bekam er nur wenig mit. Er war mit Herz und Gedanken noch in Worms. Susanna hatte heute Morgen beim Abschied ziemlich traurig ausgesehen. Sie hatte nur wenig gesprochen und ihn bloß fest an sich gedrückt, bevor er aufs Pferd gestiegen war.

»Hier, für dich«, hatte sie leise gesagt. Simon spürte, wie sie ihm schnell etwas in die Hand drückte. Es war ein kleines, weißes Taschentuch. In einer Ecke war ein zierliches S eingestickt.

Was konnte er ihr nur geben? Er besaß nichts, das er hätte verschenken können. Bis auf … ja, es war nicht schön und ziemlich plump, doch sein Messer war das Kostbarste, was er hatte. Schnell machte er das Seil los, mit dem es an seinem Gürtel hing, und gab es ihr. »Aber sei vorsichtig damit, ja?«

Susanna lachte und presste das Messer mit beiden Händen gegen ihre Brust. Er wusste nicht, ob er sie jemals wiedersehen würde. Aber dass er sie nicht vergessen würde, das stand fest.

Für Geerten hatte Andreas auch eine Mitreisegelegenheit gefunden und so hatten sie das erste Teilstück gemeinsam zurückgelegt. Den Abschied hatten sie kurz gehalten, und dann hatte Andreas seinem Pferd die Sporen gegeben.

Glücklicherweise konnte der Mönch besser reiten als rennen. Er kannte den Weg gut, denn er brachte regelmäßig als Bote Berichte zu verschiedenen Klöstern. Er wusste, wo sie übernachten konnten und welche Wälder sie besser mieden.

Sie ritten so schnell sie konnten und machten bloß hin und wieder Halt, um Wasser aus einem Bach zu schöpfen oder ein bisschen die Beine zu strecken.

In den Dörfern und Klöstern am Weg hörten sie, dass Luther auch dagewesen war und gepredigt hatte. Simon tat zwar jede Stelle seines Körpers weh, doch er war begeistert. Es wird klappen – sie holten Luther langsam aber sicher ein. Nicht mehr lange, und er würde endlich mit diesem besonderen Mönch reden können.

»Sieh mal dort!«

Simon schreckte auf und blickte am Rücken des Mönchs vorbei nach vorn. Andreas riss an den Zügeln.

Vor ihnen auf dem Weg stand ein Wagen. Das Pferd, das davor gespannt war, graste in aller Ruhe am Wegesrand und wieherte kurz, als es seinen Kopf nach ihnen umdrehte.

Hier stimmte irgendwas nicht, so viel war klar. Mitten im Wald einen Wagen samt Pferd stehen lassen, das macht niemand. Vielleicht Strauchdiebe? Simons Herz begann zu rasen, er blickte sich ängstlich um und horchte auf Geräusche.

»Pscht«, zischte Andreas, dabei wäre Simon im Leben nicht auf die Idee gekommen, auch nur einen Ton zu sagen. Schritt für Schritt näherten sie sich dem Wagen. Auch Andreas spähte in alle Richtungen, um zu sehen, ob jemand auf der Lauer lag. Er ließ sich geräuschlos vom Pferd gleiten und nahm das Pferd an den Zügeln.

Vorsichtig näherten sie sich dem Wagen, aber es war nichts zu sehen oder zu hören. Es passierte nichts, alles schien vollkommen ruhig.

»Steig mal ab«, sagte Andreas. Simon traute dem Braten noch nicht, tat aber, was man ihm sagte.

»Das sieht wie eine Entführung aus«, sagte Andreas un-

gläubig. »Guck mal hier, im Matsch, lauter Abdrücke von Pferdehufen. Sie führen hier am Rand hoch.«

Simon kletterte auf den Karren und öffnete die Kiste, die hinten drauf stand. »Sie haben auf jeden Fall die Ladung dagelassen. Guck mal, Andreas, lauter Bücher und Papiere.«

»Das …« Der Mönch wurde plötzlich kreidebleich und bekam weiche Knie. Er hielt sich fest.

»Nein, das kann nicht wahr sein«, sagte Andreas tonlos. »Diese Sachen gehören Martin Luther.«

Simon schluckte: »Sicher?«

Andreas nickte langsam. »Gar kein Zweifel. Man hat Luther wohl entführt. Oder … Schlimmeres.«

»Nein!« Simon hörte einen lauten Schrei von den Bäumen widerhallen und merkte, dass es seine eigene Stimme war.

»Schnell, Andreas, vielleicht ist er noch irgendwo in der Nähe. Komm, wir gehen im Wald suchen.« Er sprang vom Wagen und lief den Weg hinunter. Es war, als wenn sich alles an seinem Körper von selbst bewegte.

»Wenn sie ihn irgendwo hier gefangen halten, finden wir ihn. Wir müssen nur den Pferdespuren folgen. Los, Andreas, wir müssen was tun!« Er rannte wieder zurück, um das Pferd loszumachen. »Wir dürfen keine Zeit verlieren. Vielleicht können wir Luther noch retten.«

Der Knoten im Strick wollte nicht aufgehen. Frustriert rannte Simon wieder zum Karren. Andreas saß mit dem Kopf zwischen den Knien da, die Arme verzweifelt über dem Kopf verschränkt. Er gab keine Antwort.

»Andreas, los!« Simon schüttelte den Mönch. »Nicht sofort aufgeben. Wir müssen ihn suchen, bevor es tatsächlich zu spät ist.« Wieder lief er zum Pferd und zerrte am Knoten. Das derbe Seil riss ihm die Fingerkuppen auf, doch diesmal schaffte er es. Schnell nahm er das Pferd und zog es hinter sich her.

»Komm, Andreas, weiter geht's. Jetzt sofort!« Fast hätte Simon ihm einen Schlag an den Kopf verpasst.

Der Mönch hob langsam den Kopf. »Simon, was willst du denn machen? Weißt du eigentlich, wie groß der Wald ist? Selbst wenn Luther hier irgendwo gefangen gehalten wird, finden wir ihn nicht. Es hat keinen Sinn.«

»Du hast doch zu mir gesagt, dass ich nicht aufgeben darf. Ich gebe nicht auf, und du darfst das auch nicht.« Wütend trat Simon gegen ein Wagenrad.

»Aber du musst auch vernünftig sein – manche Dinge sind nun mal unmöglich. Wir können Luther nicht finden.«

Vielleicht hatte Andreas ja Recht, aber er wollte das einfach nicht hören. Der Gedanke, dass sie nun zurückreiten mussten, Andreas ihn nach Hause bringen würde, war Simon einfach unerträglich.

»Es gibt ganz bestimmt noch andere kluge Menschen, denen du deine Frage vorlegen kannst. Ich helfe dir gerne, jemanden zu finden.«

»Jemand, jemand. Ich will nicht irgendwen, ich will Luther.« Er quengelte wie ein kleines Kind – was er durchaus merkte. Er spürte, wie seine Erregung und sein Kampfgeist erlahmten, als würden sie vom Matsch unter seinen Füßen aufgesogen. Übrig blieb nur ein tauber, matter Schmerz in seinem Herz.

»Gut. Was machen wir dann jetzt?« Seine Stimme war kaum zu hören, wie ein schwacher Luftzug nach einem heftigen Sturm.

Andreas kletterte vom Wagen. Die Bibel und die anderen Bücher aus der Kiste stopfte er in die Packtaschen hinten auf dem Pferd, so viele, wie hineingingen. Er stieg aufs Pferd und reichte Simon die Hand, um ihm hinaufzuhelfen.

»Wir reiten nach Eisenach, das ist das nächste Dorf. Es gibt dort ein Kloster, vielleicht weiß man da mehr. Wir können da auch übernachten.«

Es gab nun keinen Grund mehr für Eile, daher ließ Andreas das Pferd ruhig im Schritt gehen. Simon war hundemüde, es war, also ob jeder Muskel in seinem Körper erschlafft war. Er ließ sich gegen den Rücken des Mönchs fallen und spürte, dass Andreas zuckte. Er weinte!

Das rüttelte Simon aus seinem eigenen Ärger wach. Er hatte nur an sich selbst gedacht! Andreas fürchtete um das Leben seines Freundes Luther. Er hatte nicht minder Grund, bekümmert zu sein. Simons Wangen röteten sich vor Scham.

»Es tut mir auch für dich sehr leid, Andreas«, sagte er leise.

Andreas nickte und schweigend ritten sie weiter.

DER MANN AN DER TÜR

Die Stimmung im kleinen Speisesaal des Klosters war gedrückt. Nachdem Andreas seine Geschichte erzählt hatte, herrschte bei den Mönchen Schweigen. Man schien die Lust am Essen verloren zu haben.

Der oberste Mönch, der Abt, ergriff das Wort. »Was für schreckliche Neuigkeiten, Bruder. Wir waren so stolz auf Luther, als wir die Nachricht erhielten, dass er Papst und Kaiser nicht nachgegeben hat. Und jetzt das. Doch lasst uns nicht verzweifeln. Wir wollen für ihn beten. Unser Herr kann große Dinge geschehen lassen.« Die anderen Mönche nickten zustimmend.

Kurz darauf begaben sie sich in die Kapelle, um ihre Gebete zu sprechen und für ihren Bruder zu bitten. Simon blieb allein zurück. Langsam erhob er sich von seiner Bank, er fühlte sich immer noch kaputt. Er ging sein Bett in der Zelle aufsuchen, die der Abt Andreas und ihm zugewiesen hatte.

Hoffentlich konnte er schlafen. Er sehnte sich nach einer ruhigen Nacht, ohne Albträume. Nichts mehr denken, keine Sorgen, nur davon träumen, wie es hätte sein können. Er sehnte sich nach seinem Haus, nach dem Dorf, nach seiner Familie. Am meisten aber sehnte er sich nach seiner Mutter.

Er zog sich die Decke über und drückte das weiße Taschentuch an sein Gesicht.

»Herr, erbarme dich«, flüsterte er »Unser Vater, mein Vater, bitte.«

Simon hatte geschlafen, das Glockengeläut hatte ihn nicht wecken können. Als er am nächsten Morgen vom Sonnenlicht aufwachte, das in die Zelle drang, wusste er nicht einmal mehr, ob er geträumt hatte. Noch ein wenig durcheinander sah Simon sich um. Andreas' Bett war leer. Er streckte sich und rieb sich die Augen. Der Muskelkater war anscheinend besser geworden. Sehr gut!

Er stand auf und warf einen schnellen Blick durchs Fenster nach draußen. Der Tag war gut, um zu reisen. Heute ging es heimwärts. Zurück dorthin, wo er hingehörte.

Er zog die Schuhe an, knotete sich Susannas Taschentuch ums Handgelenk und ging auf den Flur hinaus. Er hatte keine Ahnung, wo er Andreas finden könnte, aber sein Magen sagte ihm sowieso, dass er als erstes der Küche einen Besuch abstatten sollte. Er lief den langen Gang hinauf und bog links ab. Noch ein langer Gang mit Zellentüren. Hier schliefen die Mönche, doch um diese Zeit waren sie bereits bei der Arbeit. Nachdem er ein weiteres Mal links abgebogen war, kam er in die Eingangshalle des Klosters. Die kannte er, hier waren sie gestern hereingekommen. Er blieb kurz stehen. Hier hatte er jetzt drei Richtungen als Möglichkeit.

Ein lauter Schlag an die Tür ließ ihn vor Schreck einen Satz machen. Draußen stand jemand. Simon blickte sich um. Er gehörte nicht hierher, also machte er auch nicht auf. Es kam bestimmt gleich ein Mönch.

Er wollte schon weglaufen, als nochmal geklopft wurde.

»Ach, verflixt«, murmelte Simon. Da musste er wohl jemanden suchen gehen.

»Augenblick, ich hole jemanden«, rief er laut, den Kopf dicht an der dicken Holztür. Derjenige auf der anderen Torseite hatte ihn eindeutig nicht gehört – der Türklopfer fiel erneut gegen das Holz.

Simon war sich unschlüssig. Schließlich nahm er den eisernen Türgriff und drehte daran.

Durch den schmalen Spalt sah er einen vornehm gekleideten Mann. Um ihn herum standen als eine Art Wächter drei kräftige Kerle. Sie sahen ziemlich imposant aus und Simon bereute augenblicklich, dass er die Tür aufgemacht hatte. Er konnte sie jetzt aber unmöglich wieder zuschlagen.

»Äh … was kann ich für Euch tun?«, fragte er unsicher.

»Mein Name ist Junker Jörg und ich möchte zum Abt. Ich würde gern vom Kloster ein paar Bücher ausleihen.« Der Mann hatte eine freundliche Stimme, die Simon irgendwoher bekannt vorkam.

Doch jetzt hieß es rasch entscheiden. Sollte er den Mann hereinlassen? Warum nahm dieser Junker drei Männer mit, wenn er nur ein paar Bücher holen wollte? Eine seltsame Geschichte, und jedes Mal, wenn er später daran zurückdachte, war er wieder erstaunt darüber, dass er sie hereingelassen hatte. Warum hatte er das gemacht? Was wäre passiert, wenn er in diesem Moment die Tür wieder zugemacht hätte? Doch er zog die schwere Tür weiter auf und ließ die Männer herein.

»Würdest du vielleicht den Abt holen gehen, mein Junge?«, sagte der Junker. Die drei anderen Männer blieben unterdessen schweigend in der Halle stehen, die Hände auf dem Rücken.

Simon wollte schon loslaufen, da fiel ihm ein, dass er ja den Weg noch immer nicht wusste.

»Das kann allerdings ein bisschen dauern, Herr Junker, ich kenn' mich nämlich nicht aus hier. Nicht besonders jedenfalls.«

»Nur keine Hast«, antwortete der Mann, »ich warte.«

Er nickte und Simon sah ihn prüfend an. Die Augen. Er hatte diese Augen schon mal gesehen. Aber wo?

Er drehte sich um und lief schnell in einen der drei Gänge. Er sah weiter diese Augen vor sich, hörte wieder die Stimme und dann dämmerte es ihm. Sofort versuchte er den irren Gedanken wieder loszuwerden. Nein, völlig ausgeschlossen. Das war komplett unmöglich!

Er blieb stehen, drehte sich um und sah zum Junker. Er hatte einen Hut auf und andere Sachen an, aber seine Körperhaltung und sein Blick waren für Simon eindeutig. So schnell er konnte, rannte er zurück.

»Ihr seid Luther!«, rief er laut. »Ihr seid es!«

Danach ging alles sehr schnell. Einer der Begleiter des Junkers packte Simon und hielt ihm den Mund zu. »Still«, zischte er ihm ins Ohr. Plötzlich war auch der Abt des Klosters da und versuchte mit aufgerissenen Augen herauszufinden, was da wohl los wäre. Simon zappelte wie wild, um sich loszumachen, und versuchte dem Mann in die Hand zu beißen.

Der Junker tat sein Möglichstes, um den Radau zu besänftigen. »Lass ihn doch los. Das ist doch bloß ein Junge. Der ist doch keine Bedrohung!«

»Meine Herren, ich …«, setzte der Abt an. »Kommen Sie doch bitte mit in mein Arbeitszimmer, ich glaube, hier liegt ein Missverständnis vor.«

Zu sechst landeten sie schließlich im Zimmer des Abts.

»Ich kann das erklären …«, fing Simon direkt an. »Ich bin in der Halle gewesen und da hat es an die Tür geklopft und da hab ich aufgemacht und dann haben da diese Männer gestanden. Ehrwürdiger Vater, ich …«

Der Klostervorstand hob beschwichtigend die Hand. »Ganz ruhig, mein Junge, ich bin dir doch gar nicht böse. Darf ich Euch einen Platz anbieten?«

Der Junker, also Luther, schickte die drei Männer zurück in die Eingangshalle: »Ich denke, ich bin hier sicher.«

Simon konnte einfach nicht mehr an sich halten, als sie endlich saßen. »Ich hab' Euch erst nicht erkannt, aber ich hab Euch in Worms gesehen, Herr Luther. Ihr seid doch Luther?«

Der Junker nickte knapp.

»Was, wie …?« Ungläubig sah der Abt abwechselnd Simon und Luther an. »Woher weißt … Ach, Bruder Martin, seid Ihr es wirklich?«

»Ihr wart so unheimlich mutig auf dem Reichstag«, fuhr Simon fort. »Anschließend war ich mir sicher, dass nur Ihr mir meine Fragen beantworten könnt. Ich muss Euch so viel fragen!«

»Aber«, unterbrach ihn der Abt, »ich verstehe gerade gar nichts. Man hat Euch entführt oder umgebracht – aber jetzt seid Ihr hier.«

»Moment«, schritt Luther ein, »ich kann nur eine Sache zugleich erklären. Als erstes erzähle ich, wie ich hierhergekommen bin, und danach beantworte ich deine Fragen, mein Junge.«

Simon seufzte. Aber er hatte schon so lange gewartet, da kam es jetzt auch nicht mehr drauf an.

»In der Tat bin ich auf der Rückreise von Worms nach Wittenberg samt meinen Begleitern entführt worden. Aber ich war davon vorher unterrichtet worden.«

»Dann war das nur vorgetäuscht?« Simon sah vor seinem inneren Auge Wagen und Pferd auf dem Waldweg wieder vor sich und lachte. »Sah jedenfalls ziemlich echt aus.«

Luther lächelte ihn an. »Dann hat das ja seinen Zweck erfüllt! Ich kann das nicht in allen Einzelheiten erzählen, aber derjenige, der das in die Wege geleitet hat, hat ein schönes Versteck für mich gefunden, in einer großen Burg hier in der Umgebung. Dort bin ich inzwischen hingezogen.«

»Die Wartburg«, sagte der Abt sofort. Luther legte einen Zeigefinger vor seinen Mund. »Um meiner Sicherheit willen möchte ich Euch nachdrücklich bitten, mit niemandem darüber zu sprechen, Hochwürden. Je mehr Menschen glauben, dass ich entführt und ermordet wurde, desto besser ist das für mich. Ich hoffe, dass Ihr das versteht.«

Mein lieber Mann! Simon konnte nicht glauben, dass er auf einmal in eine richtige Verschwörung geraten war. Er musste sich alle Mühe geben, Luther nicht die ganze Zeit mit offenem Mund anzustarren. Dass er jetzt hier saß, mit diesem großartigen Mann. Wie nichtig und klein er sich plötzlich vorkam.

»Meine Bitte an Euch ist, ob ich von euren Büchern Gebrauch machen darf? Ich habe noch eine Menge Arbeit vor mir, aber leider habe ich nicht alle meine Sachen mitnehmen können.«

»Aber sicher doch, gerne. Alles, was wir haben, steht Euch vollständig zur Verfügung.«

Unversehens erinnerte sich Simon an die Satteltaschen, die Bruder Andreas gestern vollgepackt hatte. »Wir haben alles vom Wagen runtergeholt und mitgenommen!« Er sprang auf. »Ich hole es Euch sofort.«

»Das ist ja fantastisch, mein Junge. Wie heißt du überhaupt?«

»Simon heiß ich, Simon Flach.« Er stand schon an der Tür, als Luther ihn fragte, ob er den Weg jetzt kennen würde. »Ich glaube schon«, lachte er und wie ein Pfeil schoss er den Gang entlang.

RETTUNG

In Nullkommanichts war Simon wieder da. Er ließ sämtliche Bücher und Papiere auf den großen Schreibtisch fallen. »Bitteschön!«

»Darüber freue ich mich wirklich sehr. Komm, setz dich zu mir. Pater Vincentius ist gerade von irgendwem im Kloster verlangt worden, daher habe ich jetzt Zeit, mir deine Fragen anzuhören.«

Simon ließ sich auf einen großen, weichen Stuhl sinken. Er kaute auf der Unterlippe und starrte auf den Fußboden. Er wusste kaum, wo er anfangen sollte. Und wie konnte er es alles erklären? Jetzt hatte er endlich die Chance, da durfte er keinen Fehler machen. Er holte tief Luft und legte los: »Meine Mutter ist vor kurzem gestorben. Sie war die liebste Mutter der …, der …« Plötzlich hatte er einen dicken Kloß im Hals und konnte nicht weitersprechen.

»Der ganzen Welt, denk ich mal«, ergänzte Luther. Simon nickte. »Ja, genau.« Seine Stimme war heiser, doch die Worte kullerten danach wie von selbst aus seinem Mund. Mutters letzte Stunden und der Priester, der nicht da war. Er erzählte von seinen Albträumen, von seiner Angst um Mutter und wie unfair es war, dass ausgerechnet sie nicht im Himmel war. Von seinem Plan, Mutter mit einem Ablass zu retten, und wie er schließlich aufgebrochen war, um Luther zu hören.

Luther unterbrach ihn auch nicht, als er von seiner Zeit in Worms erzählte und von der Reise anschließend. Bis gestern, zu dem Tag, an dem alles umsonst gewesen zu sein schien und er das Handtuch hatte schmeißen müssen.

»Ich wollte heute Morgen wieder nach Hause gehen. Und dann hab ich Euch die Tür aufgemacht.« Er schüttelte den Kopf und fühlte aufs Neue die Fassungslosigkeit von soeben.

»Was für eine Geschichte, Simon. Und fantastisch mutig bist du!«

Simon schnaubte. »Ach, von wegen. Ich musste einfach weitermachen. Ich konnte nicht anders.«

Luther nickte verständnisvoll. Ja, so ist das, mein Junge. Das macht Gott in uns.«

Die Glocken der Klosterkapelle läuteten und schweigend hörten Simon und Luther zu.

»Gott ist es auch, der Menschen rettet. Nicht du, Simon.« Luthers Stimme klang streng und Simon kroch ein wenig in sich zusammen.

»Niemand kommt durch irgendwas, das er tut, in den Himmel. Niemand ist gut genug für den Himmel. Auch ein Priester nicht, der Papst nicht, und von so einem wertlosen Stück Papier, das sich Ablass nennt, hast du schon mal rein gar nichts.« Luthers Blick verfinsterte sich kurz.

»Als ich jung war, war ich genau wie du. Ich tat auch immer mein Bestes für Gott, denn dann musste er mich nicht bestrafen. Ich dachte, dass ich mir ein Plätzchen im Himmel verdienen könnte, indem ich ein gutes Leben führe. Bis ich plötzlich in der Bibel etwas Unglaubliches las. Im Römerbrief in der Bibel steht nämlich, dass wir nur durch unseren Glauben vor Gott bestehen können.«

Simon zog die Augenbrauen hoch. Das war aber ziemlich kompliziert.

»Ja, das ist schwierig, nicht? Doch das heißt, dass wir, wenn wir an Gott und seinen Sohn Jesus glauben, nach unserem Sterben bei Gott wohnen dürfen.«

»Aber wir tun doch viel Schlechtes. Wir müssen doch dafür Buße tun? Sonst kommen wir in die Hölle.«

»Es stimmt, dass wir Sünder sind. Aber sieh es mal so: Die schlechten Dinge machen dich dreckig. Da kannst du dich schrubben und bürsten wie du willst, du wirst nicht sauber, es wird dir nicht gelingen. Du bist zu schmutzig, um in den Himmel zu kommen. Und so wirst du auch nicht sauber, indem du dein Bestes tust und Buße tust. Dieses Problem kann einzig und allein Christus lösen. Wenn du an ihn glaubst, sagst du eigentlich zu ihm: ›Hilf mir, Herr, es gelingt mir allein nicht, rein zu werden.‹ Dann wird Er dir helfen. Er gibt dir vollkommen makellose, weiße Gewänder und kleidet dich darin ein. In dieser weißen Kleidung kannst du zu Gott kommen. Wenn Er dich ansieht, sieht Er nicht mehr deine Flecken, sondern das Gewand seines Sohnes.«

Simon versuchte sich das vorzustellen. »Aber was müssen wir dann tun?«

»An Gott und seinen Sohn glauben.«

Simon richtete den Blick auf das Kreuz, das im Zimmer hing und sagte nichts. Er dachte an seine Mutter.

»Meine Mutter hat viel Gutes getan. Sie ist jeden Tag zur Messe gegangen und mindestens einmal im Jahr hat sie am Abendmahl teilgenommen. Sie hat auch anderen Menschen geholfen. War das dann alles umsonst?«

»Nein, ganz und gar nicht. Aber sag, was meinst du, warum sie das alles getan hat?«

Simon zuckte die Schultern. Tja, warum? Dann erinnerte er sich plötzlich an das, was seine Mutter nach der missglückten Schwimmstunde gesagt hatte. »Meine Mutter hat Gott geliebt«, sagte Simon von seinen eigenen Worten überrascht. »Sie hat wirklich an ihn geglaubt, daran, dass er bei uns ist.« Plötzlich war er sich der Sache gewiss. Was er damals noch nicht begriffen hatte, schien nun völlig klar.

Erinnerungsfetzen schossen ihm durch den Kopf. Er hörte ihren Gesang, ihr Summen bei der Messe, ihre Worte kurz vor ihrem Tod.

»Demnach … hat Mutter einen Ablass gar nicht nötig. Sie hat von Jesus das saubere Gewand bekommen.« Immer stärker war Simon von dieser Wahrheit überzeugt.

»Ich glaube das auch«, sprach Luther ruhig. »Sie hat auf den Herrn vertraut. Das ist Glaube.«

»Und durch ihren Glauben hat sie bei Gott keine Schuld mehr …«

Simon fragte sich, ob er es jemals ganz verstehen würde. Aber von dem, was er jetzt verstand, wurde er froh, sehr froh.

Es fühlte sich an wie der erste Tag im Frühling. Die Sonne brach durch die Kälte des Winters, um alles wieder zum Leben zu erwecken. Es war, als ob die Blüten aufsprangen und die Vögel verliebt umherflatterten. Er war so froh, dass er hätte hüpfen und tanzen können. Die dunklen Wolken der letzten Wochen waren fort, verschwunden, hatten sich in Nichts aufgelöst.

Das war es, was er die ganze Zeit gesucht hatte. Es verscheuchte all seine Ängste und ließ seine Albträume verblassen. Er fühlte sich frei, er konnte wieder leben!

Er wollte dem Junker, der eigentlich kein Junker war, etwas sagen. Für Simon war er ein Engel des Herrn. »Ich …, ich weiß nicht, was ich sagen soll.«

»Dein Gesicht sagt genug, mein Junge.« Luther blickte ihn lachend an. »Wenn Gottes Wahrheit in ein Menschenherz dringt, ist das jedes Mal ein Wunder. Danken wir ihm dafür.«

Luther ließ sich vor seinem Stuhl auf die Knie sinken und Simon tat es ihm gleich.

Wie es kam, dass er kurz darauf wie wild schluchzte, wusste Simon selbst nicht. Er hätte nicht sagen können, ob er vor Freude oder Kummer weinte. Er wusste nur, dass er diesen Augenblick nie in seinem Leben vergessen würde. Und dass er davon erzählen würde, jedem, der es hören wollte. Naja, dass er so heulte, musste natürlich nicht jeder wissen.

Wohl aber, dass er von diesem Augenblick an sicher wusste, dass Mutter bei Gott war und dass er auch dort sein würde, später, wenn er auch in den Himmel kam.

»Was hast du denn da nun wieder?« Andreas sah neugierig über den Pferderücken, als Simon schnell das Bündel in die Satteltasche stopfte.

»Ich hab eine Bibel bekommen. Ich möchte gerne lesen lernen und das Wort studieren.«

»Womöglich auch noch in Latein?«

»Äh, ja, bis es eine Bibel in unserer Sprache gibt.«

Simon dachte an den Morgen zurück. Luther und er hatten noch lange geredet, und dieser Gottesmann hatte ihn immer stärker beeindruckt.

»Jeder muss Gottes Wort lesen können! Darum werde ich mich so schnell wie möglich ans Werk machen, die Bibel in unsere Sprache zu übersetzen«, hatte Luther ihm begeistert erzählt. »Und so Gott will, werde ich dir selbst ein Exemplar bringen, wenn ich fertig bin. Also sorge dafür, dass du lesen kannst. Bis dahin kannst du die hier mitnehmen, als Versprechen und Aufgabe.«

Vorsichtig hatte Simon das Buch entgegengenommen. Es war, als ob er einen großen Goldklumpen in Händen hielte. Diesen Schatz würde er nie wieder hergeben.

»Wie nett von Pater Vincentius, dass er dir so ein schönes Geschenk gemacht hat. Er ist wirklich ein guter Abt.« Andreas Stimme holte ihn wieder zurück.

Er nickte abwesend. Ja, das war auch wahr. Es würde nicht einfach werden, sein Geheimnis für sich zu behalten. Von wem er diese Bibel hatte, konnte er niemandem erzählen. Andreas durfte von dem Komplott nichts wissen. Was aber noch schwieriger werden würde: Auch seine Familie und Rudolf durften nicht wissen, dass er Luther tatsächlich getroffen hatte. Denn Luther war entführt und ermordet worden. Zumindest sollten die Menschen das vorläufig glauben. Bis im Reich wieder Ruhe eingekehrt war und jeder wissen durfte, dass das Böse nicht gewonnen hatte. Hoffentlich würde das nicht allzu lange dauern.

Andreas stieg aufs Pferd und zog Simon hoch. Inzwischen waren sie schon ein eingespieltes Team. Er würde den Mönch vermissen, das war mal sicher.

»Auf geht's, mein Junge. Zurück in dein Dorf.«

»Ja, ich bin bereit. Zwilling, hier komme ich, Simon Flach!«

DAS LEBEN VON MARTIN LUTHER

Die wichtigsten Jahreszahlen

1483:	Martin Luther wird am 10. November in Eisleben geboren. Sein Vater besitzt eine Kupfermine und ist ein wohlhabender Mann. Da er am Martinstag, dem 11. November, getauft wird, nennen seine Eltern ihn Martin. Er hat acht Geschwister.
1501 – 1505:	Martin Luther studiert in Erfurt. Weil sein Vater es sich wünscht, studiert er Jura.
1505:	Auf einer Wanderung gerät Martin Luther in ein gefährliches Gewitter. In seiner Angst betet er zur Heiligen Anna und verspricht ihr, ein Mönch zu werden, wenn er dieses Gewitter überlebt. Nur zwei Wochen später geht er als Mönch in ein Kloster in Erfurt, obwohl sein Vater nicht einverstanden ist. Dort betet und liest er viel. Trotzdem hat er viele Fragen zum Glauben.
1508 – 1512:	Martin Luther studiert in Wittenberg Theologie.
1512:	Mit 28 Jahren wird Martin Luther in Wittenberg Professor für Bibelauslegung.
1514:	Zusätzlich zu seiner Arbeit als Professor predigt Martin Luther jetzt auch in der Wittenberger Stadtkirche. In seinen Predigten kritisiert er den Verkauf von Ablassbriefen, mit denen man sich für viel Geld von seinen Sünden freikaufen kann.
1517:	Luther schreibt seine 95 Thesen in einem Brief an den zuständigen Erzbischof auf und

kritisiert darin den Verkauf von Ablassbriefen. Viele seiner Freunde, denen er den Brief auch schickt, stimmen ihm begeistert zu.

1520: Papst Leo X. droht Martin Luther mit dem Kirchenbann, dem Ausschluss aus der Kirche. Doch Martin Luther verbrennt unter dem Jubel seiner Freunde öffentlich das päpstliche Gesetzbuch.

1521: Auf dem Reichstag zu Worms wird Martin Luther verhört: Der Kaiser fordert ihn auf, seine Schriften zu widerrufen. Luther weigert sich. Deshalb wird über ihn und seine Anhänger die Reichsacht verhängt. Er ist jetzt vogelfrei und kann getötet werden. Martin Luthers Schriften werden verboten. Anschließend hält er sich auf der Wartburg versteckt. Er lebt dort unter dem Decknamen „Junker Jörg" und übersetzt das Neue Testament in die deutsche Sprache.

1522: Während Martin Luther auf der Wartburg lebt, kommt es in Wittenberg zu großen Unruhen. Als er davon hört, reist er zurück, um sie mit seinen Predigten zu beenden.

1525: Die ehemalige Nonne Katharina von Bora und Martin Luther heiraten. Mit ihren sechs Kindern, Verwandten, Angestellten und Studenten leben sie im ehemaligen Schwarzen Kloster in Wittenberg. In den folgenden Jahren hält Martin Luther Predigten und schreibt Bücher und viele Kirchenlieder.

1534: Luthers deutsche Übersetzung der gesamten Bibel erscheint.

1546: Martin Luther stirbt mit 62 Jahren. Er wird in der Wittenberger Schlosskirche beerdigt.